웃어보자 세상아

저자 **김현숙**

2014년 봄『그린에세이』로 등단
그린에세이문학회, 일현문학회,
한국수필문학진흥회(에세이문학),
조선에듀문우회 회원
실버여가체육지도자와 웃음치료 강사,
한국어 교원으로 활동 중이다.

Email : hyounsouk101@daum.net

▶ 김현숙 수필집

웃어보자 세상아

선우미디어

책을 내며

사람은 혼자 살 수 없다. 그
래서 사람들은 '우리, 함께, 더불어, 어울림'이란 말을 좋
아하는지 모르겠다. 그것은 부부일 수도 있고 친구일 수
도 있고, 내 안의 자아일 수도 있다.

어떤 사람은 부모의 음덕으로 탄탄대로를 걷기도 하
고, 어떤 사람은 환경이 좋지는 않지만 그것을 잘 극복해
서 꿈을 이루는 경우도 있다. 나는 부모님과 살 때는 세
상이 어려운 줄 모르고 살았다. 꿈을 찾아 길을 떠나면서
아름다운 초록 숲과 험악한 산길도 걸었고, 모진 풍랑도
만났다. 그리고 세상 사람과의 만남, 그 관계 속에서 성
장하고 관계 속에서 상처를 입기도 했다.

험한 세상을 살아오는 동안에 내 속에는 두 가지 가치
관이 형성되었던 것 같다. 하나는 지혜, 또 하나는 강인

한 정신력이다. 그리고 서로에 대한 신뢰라고 하겠다. 때로는 감정이란 놈은 두려움을 호소하지만 그때마다 이성은 두려워할 것 없다고 외친다. 나는 두 개의 자아를 조정하면서 살아왔다.

그리고 용기를 내어 하늘을 향해 '운명아, 길을 비켜라, 내가 간다!' 소리 높여 외쳤다. 보는 사람이 아무도 없어도 춤을 추고, 듣는 사람이 없어도 즐겁게 노래 부르고, 한 번도 상처받지 않는 것처럼 한 번 울고 두 번 웃었다. 웃음은 행복과 사랑을 낳게 하는 진정한 선물이었다.

살아오는 동안에 겪었던 빛바랜 기억을 건져 내어 하나둘 갈고 닦았더니 마흔 네 편의 글이 되었다.

책을 내기까지 도움을 주신 분들이 많지만 다 적을 수 없어서 마음속에 남겨둔다. 잊지 못할 스승이 계신 것이 큰 행운이고, 가족과 조선에듀문우회가 버팀목이 되어 준 데 대해 감사하다. 커피는 끓이는 이에게도 마시는 이에게도 그윽한 향기를 준다. 내 글도 그랬으면 좋겠다.

2018년 5월에

김 현 숙

차례

2

웃어보자, 세상아

3

나는 한량무를 춘다

4
오빠의 눈물

1

엄마가 아버지에게 가는
머나먼 길

가난병 아재의 도리깨춤

초등학교 때 십리를 걸어서 학교에 다녔다. 친구들을 만나면 도깨비와 측간 귀신 이야기를 했다. 문둥이가 아이를 잡아먹는다는 이야기도 많이 들었다.

그때부터 나는 산속이 무섭고, 무성한 밀밭과 보리밭에 문둥이가 숨어 있는 것 같아 두려웠다. 순이와 나는 검정 천으로 만든 신발주머니에 모래를 넣었다. 문둥이를 만나면 '모래총'을 쏘면 된다고 생각했기 때문이었다.

하루는 문둥이에 대하여 엄마한테 물었다.

"문댕이가 머시여, 못 먹어서 생긴 '가난병'이재."

엄마는 핀잔하듯 말씀하셨다. 말뜻을 잘 이해할 수 없었지만 더 물어보지 못했다.

하교 길이었다. 순이와 나는 산길을 지나서 소달구지 다니는 길을 걸었다. 갑자기 먹장구름이 온 들판을 삼키는 듯하더니 이내 소낙비가 양동이로 퍼붓듯 쏟아졌다. 우리는 뛰었다. 질척거리는 흙이 발목을 잡아 신발이 벗겨지고 뒤집혀졌다.

"안 되것다. 순이야! 다리 밑으로 들어가자. 언능 와!"

나는 순이 손을 놓고 앞장섰다. 비 맞은 풀은 미끄럼틀 같았다. 큰 다리 밑에 다다랐을 때, 가난병 아재 두 사람이 보였다. 순간 미끄러지려는 나는 둑새풀을 틀어쥐었다. 한 아저씨가 말했다.

"우린 무서운 사람이 아니야. 애! 들어와도 돼."

그 소리가 더 무서웠다. 순이가 내 손을 잡아끌었다. 우리는 젖 먹던 힘을 다해 달렸다. 한참을 뛰다보니 허전했다. 모래주머니가 없는 것이었다. 그날 일은 엄마한테 비밀이었다. 학교를 못 다니게 할 것 같았다.

가끔 우리 집에 왔던 가난병 아재도 있었다. 중키에 창백한 얼굴, 코가 반쯤 없어 보였고 눈은 물간 고등어 눈처럼 퀭했다.

며칠이 지났다. 원천 동네에 사는 친구와 놀다가 혼자 집으로 가는 길이었다. 누렇게 익어가는 보리밭. 깜부기를 한 주먹을 뽑아 들고 큰 다리를 지날 때였다. 콸콸 흐르는 냇물에서 금순이가 친구들과 사금채취놀이를 하고 있었다. 까만 몸뻬 바지를 입은 금순이가 나를 보더니 냉큼 다리 위로 올라왔다. 찢어진 눈을 치켜세우더니 내 팔을 낚아챘다.

"야이 가시나야! 희순이보로 나랑 놀지 말라고 힛따매? 뭣땀시 그렸냐?"

"무신, 귀신 씨나락 까뭉는 소리랴. 손노코 말혀."

나는 쌀쌀맞게 힘주어 뿌리쳤다.

금순이 부모님은 결핵 환자였다. 누군가가 전염병이라는 말에 금순이와 놀지 않았다. 금순이의 친구들은 훈수라도 둘 것처럼 내 주위를 에둘렀다. 나는 불안했다. 광대뼈가 나온 얼굴, 큰 키에 떡 벌어진 어깨, 금순이는 두 팔을 옆구리에 대고 솔개처럼 폼을 잡았다. 손바닥에 '퉤!' 침을 바르고, 매의 눈으로 허약한 나를 노렸다. 금순이와 나. 육탄전은 불 보듯 뻔했다. 주위를 둘러봤다. 들판에는 사람의 그림자조차 없고 풀무치만 날뛰었다.

"거짓말이여, 나허고 무관헌께. 그라고 그 가시나헌티 나가 따져볼랑만."

"개소리 말어! 눈탱이고 대걸빡이고 부터 보자고!"

온 들판이 울렁거렸다. 그때였다.

"왜 싸우고 그러니? 친구들끼리, 으응."

"문댕이다! 문댕이야!"

소리 지르며 흩어지듯 모두들 도망쳤다. 다리 밑에서 만났던 그 가난병 아재였다. 깜깜한 머릿속. 순간 내 몸은 땅에 박힌 듯 꼼짝할 수 없었다.

'드디어 잡아먹히겠구나.'

온몸이 떨렸다. 아재를 바라보는 눈꺼풀조차 사시나무처럼 떨리기 시작했다. 망둥이 뛰듯 달아나는 아이들과 나를 번갈아보는 아재. 잠시 나를 보더니 머리를 도리질하며 말없이 동네 길이 아닌 논두렁길을 향했다.

가을이었다. 엄마는 들에 나가시고 올케는 이웃집에 마실을 갔는지 집에는 나밖에 없었다. 마당에는 콩대가 한가득 널려 있었다. 땡볕에 뒤틀린 콩꼬투리에서 금세 콩들이 튕겨져 나올 것만 같았다. 나는 도리깨를 들어 콩대를 후렸다. 도리깨아들이 반항이라도 하듯 꺼꾸러졌다. 그때였다.

"내가 좀 해 줄까?"

가난병 아재였다.

웬일인지 그날은 무섭지 않았다. 전에는 만나면 징그

럽다고 얼굴을 돌리고 그 옆을 빨리 지나면서 침을 뱉으며 도망쳤다. 못 봤던 왼손에는 쇠갈고리가 달려 있었다. 큰 눈에 사라진 눈썹, 코는 반쯤 없어진 게 아니라 어루러기 피부병처럼 심하게 벗겨진 것이었다. 찬찬히 보니 늙어 보이진 않았다.

나는 도리깨를 슬그머니 토방에 놓았다. 망설이는 듯하더니 도리깨를 잡은 아재 얼굴에 해맑은 미소가 번졌다. 갈고리 달린 왼손은 도리깨 아래를 받치고, 오른손은 도리깨를 잡았다. 도리깨꼭지에 구멍을 뚫어 나무로 비녀처럼 박은 도리깨머리, 가늘고 쭉쭉 뻗은 다섯 도리깨아들…. 셈하듯 유심히 훑어보는 아재는 한동안 도리깨를 향하여 기도하는 모습이었다.

아재는 시계 방향으로 휘둘러 콩대를 후린다. 도리깨아들이 꼭지에서 돌아내려오다 헛발질한다. 실패다. 다시 한 번 공중회전을 시킨다. '삐걱' 쇠갈고리손이 도리깨 장부에서 빠진다. 또 실패다. 땀이 비 오듯 쏟아진다. 쇠갈고리 손을 앞가슴으로 올리면서 시계 반대 방향으로 '비~잉!', 도리깨 장부와 아재의 상체가 원을 그린다. 도리깨꼭두머리 중심을 360도로 도리깨아들이 돈다. 회오리바람을 일으키며 콩대를 후린다. 콩깍지가 하얗게 터지면서 사방으로 콩알들이 튕긴다. 새로운 세상 만난 양, 날뛰며 달아나는 얄밉상스런 콩알들. 아재 땀방울도 콩 따라가듯 튕겨 나간다.

"아재! 너머 때려라. 콩알이 먼디로 굴러 간당께요."

나는 콩을 붙잡느라 정신없고 도리깨아들은 휘리릭! 휘리릭! 노래한다. 아재의 몸신인가. 머리는 상모 돌리듯 하고, 굴신거리는 다리는 투스텝으로 건드렁거린다. 마치 도리깨춤을 추는 듯….

그때였다.

"여그서 뭔 지랄헌데요, 시방!"

올케언니의 걸걸한 고함소리. 나도 아재도 화들짝 놀랐다. 아재는 조심스럽게 도리깨를 토방에 놓았다. 편안하고 홍조 띤 얼굴. 땀을 훔치면서 괴나리봇짐을 메고 밖으로 유유히 떠났다. 나도 뒤따라 나가서 아재의 뒷모습 바라보았다. 파란 하늘 새털구름 사이로 걸어가는 아재의 뒷모습이 퍽이나 편안해 보였다.

엄마가 아버지에게 가는 머나먼 길

'메꼴'은 정읍시에서 가까운 마을이었다. 왕 씨네 조상이 처음 터를 잡았다. 엄마는 왕 씨네 다섯 자매의 맏딸로 태어났는데 외조부께서 '왕소당'이라 이름을 지었다. 아들 못지않은 사랑을 받으며 부모님에게 글공부를 배웠다. 보통 키에 피부가 희고 갸름한 얼굴, 날씬한 몸매였다. 예의바르고 살림이 야무져 주위에서 칭찬을 많이 받는 규수였다.

그와 반대로 아버지는 3남 5녀 중에 막내아들로 태어났다. 보통학교 교사였던 아버지는 막내였지만 형편이 어려워 가장 노릇을 해야 했다. 갸름한 얼굴에 서글서글한 눈매, 오뚝한 코, 도톰한 입술. 자상한 남자였다고 들었다.

두 분은 아버지가 스무 살, 엄마는 열아홉 살 때 결혼했다. 신부 집에서 새신랑을 다룰 때의 일이다. 마을 청년들이 아버지를 거꾸로 매달아 놓고 북어로 발바닥을 때리다가 나중에는 다듬이 방망이까지 동원했다. 견디다 못한 아버지가 틈을 보다 도망쳤다. 어둡도록 돌아오지 않자 집안은 발칵 뒤집히고 말았다.

사람들이 초롱불이며 횃불을 들고 집 안팎을 찾았지만 헛수고였다. 다음 날 사십 리 떨어진 본댁에 계시다는 소식을 전해왔다. 엄마는 삼일 후 우귀일이라 하여 온갖 예물과 곡식을 이고지고 꽃가마 타고 시집에 도착했다. 도망간 신랑의 심기를 걱정 하면서. 다행히 아버지는 가타부타 말이 없었다고 했다.

아버지는 엄마를 거들떠보지 않고 밤마다 늦도록 책을 읽으셨다고 했다. 엄마는 가끔 바느질하다 시누이들 방에서 잠을 잤다. 그러다가 아버지가 잠든 사이에 몰래 들어가 쪽잠을 자곤 했다. 엄마가 아버지 곁에 가면 어찌나 찬바람이 부는지 말 붙이기는커녕 얼굴보기도 무서웠다고 했다. 그렇게 몇 해가 지났어도 소 닭 보듯 하여 과부 아닌 과부 신세였다.

내가 왜 그랬는지 물었더니 엄마가 한참 후에 말씀하

섰다. 두 분 혼사가 오갈 때, 아버지는 동료 여교사를 좋아했다. 그런데 조부께서 그 여교사가 홀어머니에 외동딸이라는 이유로 반대하셨다. 그 불똥이 엄마에게 튀었다.

결혼한 지 다섯 해가 되었다. 할머니는 속도 모르고 대를 이을 손이 없다면서 걱정하셨다. 급기야 매파를 불러 소실에 대해 의논하셨다. 그 소리를 우연히 들은 엄마는 불안하고 억울하여 속이 타들어갔다.

칠흑 같은 겨울밤. 엄마는 긴장과 설렘을 달래며 사랑채를 찾았다. 전과 달리 일부러 발소리를 내며 걸어갔다. 작은 소리로 글을 읽던 아버지가 순간 멈추는 듯했다. 그러나 이내 더 크게 낭독하는 것이었다. 그 소리가 들어오지 말라는 신호 같이 느껴졌단다. 문풍지로 새어나오는 호롱불이 한들거리고, 간간이 책장 넘기는 소리에 그만 엄마는 들어가지 못했다.

돌아서는 엄마. 뒷산에서 들려오는 부엉이 소리와 토방 돌 아래 귀뚜라미, 밤벌레 소리. 차라리 미물의 신세가 부러워 혼자 푸념을 하였다.

'부엉새야! 깊은 밤 너는 왜 우는 게냐. 그렇게 소리를 지를 수 있는 너희들이 내 신세보다 낫구나. 나는 하늘이

가까운 곳에 있어도 님을 볼 수도 없고 가지도 못한단다. 부모님이 원하는 별을 따지 못하니 심중에 없는 불효를 하고 있구나.'

엄마는 중얼거리며 마냥 별을 헤아리며 서성거렸다. 그날은 가슴이 시리도록 외할머니가 보고 싶었단다.

며칠이 지났을까. 그날 밤에도 엄마는 헤진 옷들을 다 꿰매고 사랑채로 가려고 나섰다. 모퉁이를 돌아설 때, 어디선가 이상한 소리가 들렸다. 도둑이 들었나 싶어 소리 나는 쪽으로 갔다. 매캐한 냄새가 코를 찔렀다. 콩 노적가리에 불이 난 것이었다. 큰어머니가 버린 잿더미에서 남은 불씨가 일을 낸 때문이었다. 옆에는 돼지 움막이 있었고 헛간에는 짚 다발이 쌓여 있었다. 바로 아래채가 큰아버지 내외가 주무시는 방이라고 했다. 엄마는 돼지 구정물통을 불끈 들어 불길에 부었고, 단숨에 부엌으로 달려가 물 항아리에서 물을 퍼 날랐다. 불길은 더 거세졌다. 눈앞이 아뜩하고 가슴이 옥죄며 쿵쾅거렸다.

"불이야! 불이야!"

다급하게 소리쳤다.

식구들도 동네 사람들도 구원병처럼 모여들었다. 엄마는 물동이를 이고 우물가를 향했다. 긴 골목을 종종걸음으로 내리달렸다. 걸을 때마다 동이에 물이 쏟아져 온 몸을 적셨다. 젖은 옷이 살얼음으로 서걱댔다. 아낙네들은 질그릇과 물동이를 이고, 남정네들은 소 여물통에 물을 담아 불길에 들이부었다. 혹독한 추위에도 아랑곳하지 않았다.

환한 불꽃을 본 순간, 엄마는 빨강색과 파랑색, 노란색이 어우러져 화려한 빛을 내는 쪽으로 동이를 인 채 빨려 들어갔다. 이상하게 죽음이 두렵기는커녕 어떤 힘에 끌려 들어가는 것 같았다. 엄마가 점점 불 속으로 한 걸음씩 발을 옮기는 순간.

"위험해요! 큰일 나려고!"

다급한 목소리와 함께 굵은 팔이 허리를 감았다. 아버지였다. 그 한 번의 포옹이 백 마디의 말보다 더 많은 말을 해 주었고, 가슴뿐 아니라 영혼까지 감싸 안는 느낌이었다.

"새아기 아니었으면 클날 뻔 혔구나. 어여 들어가 자 그라이."

할머니의 말을 듣고 엄마는 사랑채로 향했다. 글 읽는 아버지 목소리가 들리지 않고 호롱불마저 꺼져 있었다. 엄마는 온몸이 얼어붙는 한기를 느꼈다. 용기를 내어 방문을 열고 조심스럽게 두어 걸음 들여놓았다. 아무런 기척이 없었다. 햇살처럼 따스함이 온몸을 하르르 감았다. 그 온기에 눈꺼풀이 잠자리 날개처럼 내려앉았다.

그날 밤 결혼 5년 만에 화려한 첫날밤을 치렀다. 엄마는 조부모님의 소원대로 큰오빠를 낳았다. 나는 아홉 번째 막내인 줄 알았는데 4년 후 열 번째 아들을 낳았으니 5남 5녀가 되었다. 세월이 많이 흐른 후, 당당해진 엄마가 일갈하셨다.

"나는 공평허게 딸 다섯 시집보내고, 며느리 다섯 데려 온당께"

그날 밤 화재가 아니었으면 엄마는 영영 소박을 맞았을 것이고 그리고 다섯 아들과 다섯 딸은 세상 밖으로 나오지 못했는지 모른다. 때때로 나쁜 일이 좋은 결과를 낳을 때도 있는 것이리라.

일곱 살 숙이의 비밀

'식물은 동물을 위해 태어났
고, 동물은 인간을 위해 태어났다'는 말이 있다. 말하자
면 동물은 식물을 먹고 똥을 싸고, 인간은 그 동물을 먹
고 똥을 싼다는 이야기다. 고로 나는 누군가에 의해 명명
한 '똥'이란 이름으로 존재한다.

나는 지구상 모든 생물에 의해 태어났지 싶다. 하지만
사람들은 더럽다 침을 뱉고, 역겹다 입과 코를 막고 구덩
이에 버린다. 그럴 때면 그저 내 팔자거니 한다.

사실 알고 보면 나도 대접받는 존재다. 마사이족은 쇠
똥으로 만든 관을 용사의 상징으로 여기고, 네팔에서는
왕이 왕좌에 오를 때 코끼리 똥을 뿌려 축복한다. 티베트
에서는 지도자 똥을 말려 목에 걸면 행운이 온다고 믿었

다고 한다. 게다가 만인의 사랑을 받는 커피 중에 사향고 양이 똥이 최고의 커피라니…. 뿐만 아니다. 동화책 『내 머리에 누가 똥 쌌어?』는 어린이들에게 인기다. 또한 『호질』에서는 북곽이란 양반 몸에 나를 뒤집어씌우기 도 했다. 이만하면 나도 어깨에 힘줄만 하지 않은가. 그 래서 세상은 돌고 돈다는 윤회윤색이란 말이 나오지 않 았을까?

어느 가을이었다. 나는 숙이라는 아이의 몸을 통하여 세상 빛을 보게 되었다. 숙이 어머니는 자식들의 똥을 보고 산 같은 모양이면 장래 노적을 쌓고 살 것이라고 예언가처럼 말했다. 또한 바나나 모양이면 건강하다 안 심하고, 냄새가 고약하고 색깔이 좋지 않으면 섭생에 주 의를 기울이셨다. 그 종류가 다르듯 해결책도 다양했던 것이다.

숙이가 일곱 살 때 일이다. 그해 가을 친구와 버섯을 채취할 때였다. 송이버섯과 피버섯, 싸리버섯을 뜯었다. 호기심이 많은 숙이. 옻나무인 줄도 모르고 이파리를 따 서 버들피리처럼 불어댔다. 음감이 시원찮았던지, 숙이 는 친구에게 제안했다. 나뭇가지를 꺾어 나뭇잎이 많은 사람이 이기는 게임을 하자고. 조건은 진 아이가 이긴

아이의 버섯바구니를 집까지 들어다주는 것이었다. 둘은 옻나무가지를 꺾었다. 가지에서 잎을 동시에 하나씩 뗐다. 친구는 열한 개, 숙이는 열두 개였다.

숙이의 승리감도 잠시, 옻이 올라 피부 알레르기를 일으키고 말았다. 옥도정기 하나 없는 농촌. 숙이 어머니는 소 오줌을 바르라고 일러줬다. 효과가 없었다. 닭 피를 목과 얼굴에 발랐지만 그도 헛수고였다. 쌍꺼풀은 퉁퉁 부어 홑꺼풀인데다 눈은 뱁새눈이 되었다. 코는 돼지 코처럼 뒤틀리고 입술은 한 접시, 얼굴은 울긋불긋 부풀어올라 마치 마귀할멈 같았다. 무엇보다 힘든 건 견딜 수 없는 가려움증이었다.

마지막 처방은 숙이의 얼굴과 목에 나를 이용하여 팩하는 방법이었다. 나를 개똥만도 못하게 여기며 잘난 척 뻐기던 숙이. 오만상을 찌푸리고 구역질할 것처럼 입을 막으며 짜증을 냈다.

"더럽다고 생각 말고 꼭 혀, 안 허먼 죽는 겨."

숙이 어머니는 재차 다짐하며 호미를 들고 나가셨다. 숙이는 더럽다는 생각보다 남들에게 그 모습을 들킬까봐 두려웠는지 모른다.

마을 들어가는 어귀에 나무들이 얼크러져 있었다. 그

앞 저수지 물은 산을 끼고 냇물이 되어 흘러 내렸다. 숙이는 동산을 찾아가 앞뒤를 확인한 후 풀숲에서 드디어 볼 일을 보게 되었다. 삽시에 똥보 쉬파리 한 마리가 달려왔다. 급하게 쫓아내는 숙이. 녀석도 그리 쉽게 물러서지 않았다. 숙이는 마음이 급했다. 면장갑을 끼고 들숨날숨 쉬더니 이내 입을 꽉 물고 숨을 멈췄다. 거울을 보며 얼굴부터 목으로 겉발림했다. 그새 참았던 숨이 입과 콧구멍을 통해 갈바람처럼 휘날렸다. 그때였다. 풀숲에서 못생긴 까만 쇠똥구리가 긴 주둥이삽을 벌리고 숙이를 훔쳐보는 게 아닌가. 숙이는 주위를 살피는가 싶더니 이내 거울을 봤다. 얼굴은 무늬누에 같았다. 갈가리 흐트러진 나를 보고 쉬파리와 개미들이 달려와 정답게 나눔의 잔치판을 벌였다.

숙이는 부리나케 냇가로 달렸다. 질끈 묶은 머리와 흰 저고리 고름을 휘날리며 짧은 검정통치마가 속살을 보일 듯 말 듯. 덧기운 검정고무신을 들고 '나 살려라'고 달렸다. 뒤뚝거리는 징검다리를 내리밟고 한참을 씻는가 싶던 숙이가 두 팔을 번쩍 들어 올렸다. 손에 쥔 것은 알록달록한 꽃뱀이었다. 숙이는 황소 눈을 하고 벌러덩 뒤로 넘어지고 말았다. 입이며 콧구멍으로 물이 들어가자 캑

캑거리며 허우적거렸다.

숙이를 보고 꽃뱀은 혀를 날름거리며 한마디 던지고 유유히 떠나는 것이었다.

'잘난 척 하는 인간아! 똥을 우습게 보더니 꼴좋다.'

숙이의 가려움증과 부기는 언제 그랬냐는 듯 나았다.

큰형부와 내 친구 돌이

어린이날 손녀 차미의 친구는 할아버지한테 햄스터를 선물 받았다고 했다. 그 친구가 친구들을 초대해서 햄스터를 보여주었는데 손녀는 초대받지 못해 몹시 슬퍼했다.

손녀가 가여워 마음에 걸렸다. 위로할 겸 강화 장터에서 병아리 세 마리를 사서 주었다. 가족 모두 좋아했다. 차미는 먹이고 청소하고 잘 키우겠다고 약속했다.

어린 시절이 떠올랐다. 곳곳에서 꽃눈을 터트리는 봄. 우리 집 닭들도 알을 품었다. 노랗게 옷치장을 한 병아리들이 알을 깨고 나왔다. 안마당에서 날갯짓하는 병아리가 날아다니는 개나리꽃 같았다. 녀석들은 어미닭을 따라다니며 살아가는 방법을 배우는 것이었다. 그 모습이 볼수록 신기하고 사랑스러웠다.

　나는 병아리처럼 형제가 많다. 막내다 보니 늘 혼자였다. 매리, 거위, 닭들이 유일한 친구였다. 그런데 못생긴 옆집 닭이 우리 집 마당으로 거들먹거리며 들어왔다. 사이좋게 암탉과 놀고 있던 우리 수탉을 쫓아내고 암탉을 차지하곤 했다. 게다가 멍석에 널린 보리를 인심 쓰듯, 동네 암탉까지 불러댔다. 그때마다 나는 속상했다. 긴 장대로 휘둘러 봤지만 잠깐 도망가는 흉내만 낼 뿐 다시 오기 일쑤였다.

　어느덧 병아리들이 중닭이 되었다. 나는 실한 토종 수탉을 골라 '돌이'라고 불렀다. 돌이를 무사처럼 훈련시켜 이웃 닭들을 혼내주고 싶었다. 어른들이 고추장을 먹이면 싸움을 잘한다고 한 말이 생각났다. 나는 퍼덕거리는 돌이를 다리 사이에 끼워놓고 고추장을 먹이려 했지만, 불그스레한 눈알을 치켜뜨고 도리질치는 바람에 실패하고 말았다. 대신 보리, 밀을 먹이고 굼벵이, 지렁이도 잡아 먹였다.

　돌이 머리 벼슬은 부챗살처럼 우아했다. 부리 아래쪽으로 시작되는 육수는 칠면조처럼 선홍빛으로 늘어졌다. 귀신도 도망간다는 말처럼 소리도 우렁찼다. 그땐 돌이의 소리를 듣고 해가 올라오는 줄 알았다. 뿐만 아니라 진녹색 긴 꼬리 서너 개 줄띠가 무지개처럼 휘어져 어사화 같았다. 잘생긴 돌이는 나만 보면 암탉도 버리고 따라다녔다. '닭이 천이면 봉이 한 마리 있다'는 속담처럼 누구보다 나는 돌이를 아끼고 사랑했다.

아버지 기일이었다. 도심에 사는 언니들과 오빠, 형부 모두 모였다. 뒷집에 사는 친구 순이가 동생 선희를 업고 놀러 와 토방에 오르려고 할 때였다. 마당에 있던 돌이가 갑자기 두 날개로 크게 홰를 치더니 선희한테 달려갔다. 벼슬을 흔들며 갈기를 잔뜩 세우고 위협적으로 덤비는 것이었다. 뾰족한 부리로 업혀 있는 선희를 무자비하게 쪼고, 날카로운 발톱으로 우악스럽게 밟아댔다. 땅바닥에 얼굴을 묻은 순이도 선희도 놀라 울음바다가 되었다. 모두들 당황하여 어찌할 바를 몰랐다. 그때 큰형부가 고함을 질렀다.

"워매, 무신 놈의 장달구가 이렇게 싸납다냐. 당장 잡아야 쓰것고만."

형부는 정의에 불타는 골때장군 같았다. 당장 팔을 걷어붙이고 돌이를 쫓았다. 내 가슴은 뛰었다. 돌이가 멀리 도망가기를 기도했다.

"엄니이, 까딱허면 돌이가 잡혀 죽것소."

"글매, 저놈의 닭이 오늘 조 순경을 잘 못 만났꼬마이."

엄마는 내 말은 뒷전이었고, 순이와 선희를 안고 고구마를 주며 어르고 계셨다. 놀란 매리도 덩달아 뛰었다. 거위는 길 잃은 망아지마냥 팔자걸음으로 엉덩이를 뒤뚱거리며 휘젓고 다녔다. 마당은 삽시간에 아수라장이 되었다. 그 덕에 돌이가 잘 도망치긴 했다.

여전히 작대기를 들고 쫓는 형부와 만만찮게 달아나는 돌이. 날개를 독수리처럼 펴고 날았다가 점프하곤 했다. 그렇게 마당을 서너 바퀴를 돌았을까. 약이 바짝 오른 형부, 팽팽한 긴장감이 돌았다. 식구들이 형부에게 응원까지 보내며 즐기는 것이 나는 원망스러웠다.

그런데 돌이의 행동이 이상했다. 뒷간 옆 신우대나무 쪽으로 부리나케 내리달리더니 대나무 사이로 머리를 집어넣고 주저앉는 것이었다. 돌이의 털옷이 심하게 떨고 있지 않은가. 나는 쫓아가 돌이를 잡고 도망치고 싶었다. 하지만 어쩐 일인지 땅에 붙은 듯 발이 떨어지지 않았다. 그때였다. 활시위에서 놓인 화살처럼 작대기가 돌이 엉덩이를 향하여 날아갔다. '꽥!' 비명과 동시에 돌이는 즉사하고 말았다.

난 혼이 나간 듯 멍했다. 형부가 미웠다. 아니, 형부가 무서웠다. 내 편은 아무도 없고, 해는 서산마루로 뉘엿이 기울었다. 신바람이 난 형부는 술잔치를 벌였다.

"장모님! 막걸리 더 주쇼. 처제, 뭐 혀, 닭대가리도 가져 와야제."

형부는 개선장군처럼 으스댔다. 엄마는 헛간에 숨겨 놓은 막걸리를 꺼내어 아낌없이 잔치판을 벌여주었다. 모두가 미웠다. 나는 뒤뜰로 갔다. 검붉게 널브러진 돌이의 털. 눈물만 쏟아졌다. 어두컴컴한 골방에서 잠이 들고 말았다.

그 후부터 형부가 무서웠다. 형제 모임에서도 함께 어울리지 못하고 핑계를 대며 빠지곤 했다. 아니 피한 것이 맞을지 모른다. 언니들은 나이 차이가 많으니 어려워서 그런 줄로 알았다. 하지만 나도 모르는 사이에 생긴 트라우마라 해야 할지…. 거부감을 어찌할 수 없었다.

내 나이 쉰 살 되던 해. 둘째 올케언니로부터 어머니가 돌아가셨다는 소식을 듣고 달려갔다. 그날도 우리 남매보다 먼저 달려온 사람은 형부였다. 엄마의 굳은 수족을 펴 주고 수의까지 입혔단다. 입버릇처럼 '사위도 자식이

여'라고 말씀하시던 형부의 모습에 진실로 고개가 숙여
졌다.

　세월이 지나서일까. 형부가 밉거나 무섭지 않았다. 어
쩌면 어머니께서 내 무섬증 주머니를 가져가신 것은 아
닐까.

아버지와 첫 대면

어머니 방 벽에는 사진 두 개가 걸려 있었다. 일곱 살 때 같이 소꿉놀이하던 순이가 갑자기 내게 그 사진에 대하여 물었다. 두 개의 사진 중 하나는 50대로 보이는 어머니 사진이고, 그 옆에 양복을 입은 젊은이는 '미남 중에 미남인 우리 큰오빠'라고 자랑하듯 말했다. 그때 옆에 계신 어머니가 조용히 말씀하셨다.

"오빠가 아니야! 네 아버지다."

"아, 아버지라고? 근데 왜 같이 안 살아요?"

"호랑이 타고 산천 유람을 떠났구면."

그렇게 말하시고는 이내 담배 한 개비를 들고 밖으로 나가셨다.

나는 무슨 말인지 알 수가 없었다. 그때까지만 해도 아버지는 하늘 신이 선물로 보내주거나, 방정환 선생님의 '호랑이 형님'처럼 착한 아이한테 산신령이 호랑이를 시켜 아버지를 보내주는 줄 알았다. 어머니 말대로 하자면 선희, 순희, 인순, 용례, 영자, 큰집 오빠네 아버지도 여행을 가셨나 보다 했다. 그리고 아버지라는 단어조차 잊고 말았다.

그 후 초등학교 3학년 때 언니가 아버지에 대한 이야기를 들려주었다. 십리 되는 소성국민학교 교장으로 근무할 때라고 했다. 졸업식 날이었는데 밤늦도록 오시지 않아 식구들이 학교까지 갔으나 만나지 못했다. 새벽이 되어서야 흙투성이가 되어 오신 것이었다.

아버지는 제자들을 어지러운 세상으로 보내는 마음이 아프고 허전하였다. 선생님들과 얼큰하게 술을 마시고 늦게 헤어졌다. 별만 반짝이는 컴컴한 시골길을 걷다가 신점저수지를 지나 산길을 접어들었을 때였다. 순간 어둡던 길이 헤드라이트를 비춘 것처럼 환해지더니 다정스럽게 아버지를 부르는 소리가 들렸다.

"어이! 친구 늦었네그려. 어서 오시게, 같이 가세."
반갑게 맞이하는 그의 뒤를 따라갔다고 했다.

친구의 뒷모습을 보며 한참 이야기를 나누며 걸었다. 얼마를 갔을까. 두 분은 벌판에 이르렀다. 앞장서 가던 친구가 갑자기 씨름 한판 하자면서 허리춤을 붙잡았다. 한참을 실랑이를 해도 승부가 나지 않았다. 언뜻 아버지의 뇌리를 스치는 것은 도깨비장난이라는 것이었다. 정신을 가다듬고 도깨비를 왼발로 냅다 걷어찬 기억밖에 없다는 것이다. 아버지는 양복 윗저고리와 구두 한 짝을 잃어버리고 오셨다고 했다. 얘기를 듣고 나니 무서운 도깨비를 이겼다는 아버지가 전설 속 주인공 같았다. 그때 처음으로 아버지 이름을 알았다.

중학교 때 단짝친구 양숙이네 집에 갔을 때였다. 친구의 아버지는 마당에서 밀당그레로 벼를 뒤적이고 있었다. 처음 보는 내게 아버지부터 시작해서 호구조사 하듯 물었다.

"아버지 이름은 김 재자 평자신데요. 옛날에 소성, 신테인, 용계국민학교에 교사로 근무하고 정우국민학교, 이밤국민학교 교장 선생님이셨대요."

아저씨가 다시 확인하듯 물어서 나는 자랑하듯이 또 말했다. 아저씨는 몹시 반가워하며 어려운 형편에 기성회비를 못 냈을 때 아버지의 도움을 받았다고 하셨다.

아버지 덕분에 이틀 동안 칙사 대접을 받았다. 그 집 식구들과 양숙이의 태도가 달라졌다. 베일 속에 가린 듯 막연하게만 느꼈던 아버지의 존재가 가까이 느껴졌다.

친구네 집에서 돌아와 나는 처음으로 어머니한테 아버지에 대하여 물었다. 6·25 전쟁 때, 큰올케 친척이 피난을 어디로 가면 좋을지를 아버지에게 물으러 왔다고 했다. 그때 아버지는 이질 때문에 고생하시는 터라 알려주면서 먼저 떠나시라고 했다. 그 식솔들이 떠나면서 한약 몇 첩을 주고 떠났다는 것이었다. 어머니는 정성스럽게 달여 뜨끈할 때 드시라고 했는데 그 약에 부자가 들어있을 줄이야. 뜨거운 부자탕은 사약이 아니던가! 아버지는 그 약을 마시고 그만 구월 구일 중앙절에 저세상으로 가시고야 말았다.

아버지 장례를 치르는 와중에도 빨갱이들이 칼을 휘두르며 아버지의 유품들을 빼앗아갔다. 어머니는 슬퍼할 시간도 없이 큰오빠 부부를 안전한 곳으로 보내고, 위패를 가슴에 품고 가족이 무사하길 빌었다고 하셨다. 나는 어머니 말에 가슴이 아리도록 아팠지만 무슨 말을 어떻게 해야 할지 몰랐다. 지금에서야 어머니가 땅을 팔아서라도 공부를 가르치지 못한 이유를 알게 되었다. 어쩌면 아버지의 죽음을 어머니의 실수라고 자책하시며 끝까지 아버지가 남긴 집과 땅을 지키신 것이리라.

초등학교 3학년 가을. 우리 집은 새벽부터 음식을 장만하느라 분주했다. 무슨 일이 있는 것 같았다. 한복을 곱게 차려 입은 언니들 사이에서 간간이 '아버지' 라는 말이 오갔다. 내 생각에는 아버지를 맞이하려는 준비를 하는 것 같았다. 물어봐도 어린애는 참견하지 말라는 어른들의 핀잔만 돌아왔다. 모두가 밖으로 나가고 나는 강아지처럼 멀찍이 뒤를 따라갔다.

가족과 동네 아저씨들이 뒷동산을 지나 소나무 오솔길을 따라 걸어갔다. 들킬까 봐 가슴이 두근거렸다. 순한 양처럼 엄마 말을 잘 듣는 내가 왜 그렇게 마음이 끌렸는지 모를 일이었다. 솔잎을 밟을 때마다 춥! 춥! 춥 소리가 났다. 발소리를 죽여야만 했다. 얼마를 갔을까. 자분자분 속삭이는 소리가 들려 발을 멈추었다. 사람들과 오빠들이 모여서 뭔가를 하고 있는 중이었다. 나는 손에 쥔 솔방울을 놓고 눈도 깜짝이지 않고 쳐다보았다. 엄숙한 목소리가 귓속을 울렸다.

"삽 들어갑니다. 신위는 놀라지 마십시오."

누군가 봉분을 슬쩍 건드렸다. 나는 기린목이 되어 눈

동자를 고정한 채 쳐다보았다. 아저씨 몇 사람이 묘지를 파고 안에서 썩은 나무 조각을 하나 둘 빼냈다. 아주 조심스럽게 보물처럼 꺼낸 것을 오빠가 받는 순간. '악!' 하며 아랫도리가 풀려 이내 주저앉고 말았다. 눈에 들어온 건 눈도, 코도, 귀도 없이 단단하고 강해 보이는 이와 하얀 머리뼈였다. 등골이 오싹했다. 나도 모르게 거친 숨을 몰아쉬었다. 전설로만 여겼던 아버지의 죽음을 확인하는 순간. 그것은 내 생애에 아버지와의 첫 만남이자 마지막 만남이었다.

나는 집으로 돌아와 이불을 뒤집어썼다. 팔과 다리가 부들부들 떨렸다. 눈앞에서 머리뼈가 오갔다. 그때 사람이 죽으면 흙이 된다는 것을 알게 되었다. 한참 지난 후에야 안방으로 들어가 아버지 사진을 자세히 보았다. 검정 양복에 체크 넥타이, 숱이 많은 반달눈썹에 뚜렷한 이목구비. 외까풀인 큰 눈의 눈꼬리가 약간 올라가 날카로운 인상이었다. 내겐 그 세련된 이미지를 닮은 구석이라곤 하나도 없었다. 지금 생각하면 내가 왜 외까풀에 눈꼬리가 올라간 사람을 이상형으로 찾았는지 알 것 같다.

세월이 지날수록 아버지, 어머니가 소중하게 느껴졌

다. 이장할 때 보았던 아버지가 너무 초라해 보여 옷을 입혀드리고 싶었다. 내 기원 때문일까. 엄마가 세상에 둘도 없이 사랑했던 큰조카, 그리고 넷째 언니, 형부와 함께 둘째 오빠가 앞장서서 유택을 손보았다. 상석과 유허비며, 장명등과 문인상도 두었다. 병풍처럼 푸른 소나무가 둘러있고 배롱나무꽃이 붉게 피어 있어 한결 마음이 놓였다. 마치 사진 속의 아버지가 정장을 입은 핸섬한 모습과 같았다.

엄마는 고향집만큼은 누구한테도 주지 않고 형편이 어려운 후손이 살기를 원했다. 엄마 마음을 알기에 영광 올케 언니가 현대식으로 재건축했다. 자손들이 들러서 쉬어 가게 한 것이다. 엄마는 모두에게 물려줌으로 아버지에게 떳떳하게 갈 수 있다고 생각하셨을 것이다. 두 분이 계시던 집 앞 저수지에는 올해도 내년에도 여름이면 연꽃이 만발하리라.

붉은 댕기머리 아가씨

　　　　　"황금 여사도 송 해 한번 만
나지 그래, 이번에 양천구에 온대."

　"처녀 시절에 전국노래자랑에 나가지 않았으면 이 무
도녀가 벌써 나갔지."

　남편이 전국노래자랑을 보다가 한마디 건네는 바람에
'무도녀'라는 말이 나왔다. 무식한 것이 도전하고 보는
여자라는 뜻이다.

　나의 무모한 도전의 역사는 길다. 일일이 나열할 수
없지만 몇몇 생각나는 것들은 '그때 그랬더라면' 하고 아
직도 심중에 남아 있다.

　형편상 사범고등학교 진학을 못하여 속상한데 어머니
는 살림살이만 배우라고 했다. 나는 중학교 때 일본 교포

인 친구와 하사 시험을 봤다. 제복의 무게감과 절도 있는 선에 매료되었기 때문이었다. 합격했다. 어머니한테 조심스럽게 군 입대를 하겠다고 했다. 대뜸 '여자가 무슨 군인이냐?'면서 대노하셨다. 그것이 수포로 돌아가자 비구니가 되겠다고 했다. 남녀 구분하는 세상이 싫었다. 어머니는 어깨를 축 늘어뜨린 채 맥없이 버선을 신으며 긴 한숨을 쉬었다.

"미안허다, 학교 못 보내서. 네 맘대로 혀."

어머니의 울먹이는 소리에 마음이 쓰리고 아파서 포기하고 말았다.

열일곱 살 때였다. 농촌에 4H클럽 붐이 일었다. 청년들이 농사일은 물론 농촌의 대소사를 관리하고 문맹자에게 글을 가르쳤다. 여름밤이면 노래자랑도 열었다. 상품으로 양은냄비, 대야, 주전자, 플라스틱 바가지를 주었다. 나는 엄한 어머님과 오빠들 때문에 노래자랑 출연은 감히 꿈도 못 꾸었다.

"숙아, 읍내에서 노래자랑 헌다는디, 너 안 할 겨?"

어느 날 용순이가 바람을 넣었다.

"그거 정말이여? 근디 우리 엄니가 알면 기절할 거여."

육십 고개를 훨씬 넘겨서인지 건강이 안 좋은 엄마가

걱정되었다.

"모르게 허면 되지, 한번 혀 봐. 학교 다닐 때 실력이면 된당게."

친구에게 들은 노래자랑대회가 점점 더 큰 유혹으로 다가왔다. 대회에 나가고 싶은 마음에 들떠서 일이 손에 잡히지 않았다. 나는 참지 못하고 포도 넝쿨 아래에서 어머니가 만든 짚방석을 깔고 연습하기 시작했다. 요즘처럼 노래방 기계라도 있었으면 흥이 났겠지만 생음악으로 노래를 부르다 보니 재미가 없었다. 질그릇에 반쯤 물을 담았다. 그 위에 흥부 박, 놀부 박 할 것 없이 바가지를 뒤집어놓고 막대기로 두드렸다. 드럼 소리와 비슷하지만 뭔가 부족한 것만 같았다. 이번에는 스텐 대야와 양은그릇까지 놓고 두드리니 꽹과리 소리 같았다.

그 당시 한참 히트치고 있던 이미자의 '진도아리랑'과 '해운대 엘레지' 그리고 위키리의 '눈물을 감추고', 이렇게 세 곡을 연습했다. 목이 마르면 머리 위에 매달려 있던 어린 연두색 포도 알을 툭 따서 씹었다. 땡감처럼 텁텁하고 떫었다. 게다가 어디든지 나를 따라다니던 매리와 거위 녀석들은 노래가 재미없는지 어느새 졸고 있었다. 장난기가 발동해서 바가지를 두드리던 젓가락으로 매리의 코를 툭 때렸다. 녀석은 놀라서 도망갔다 다시 돌아와 유일한 나의 방청객이 되어주곤 했다.

드디어 심판의 날이 되었다. 방청석은 이미 꽉 찬 상태였다. 나를 아는 사람이 있으면 어쩌나 싶어 조심스럽게 둘러보았다. 아무도 없었다. 출연자들은 무대 뒤편에서 친구들 앞에서 리허설하고 있었다. 용순이를 데리고 오지 않은 것이 후회스러웠다. 입 안이 타들어가고 가슴이 콩당거렸다. 마침 내 앞 번호는 나이가 지긋한 아저씨였다. 머리는 포마드를 발라 번쩍였지만 때 묻은 흰 저고리에 검은 한복바지, 고무신 차림새가 괜찮았다. 그러나 아저씨의 '눈물 젖은 두만강'은 두 소절 만에 땡하고 말았다.

"다음은 아리따운 아가씨 김현수우욱! 부르실 곡은 '진도아리랑'!"

"안녕하세요. 김현숙입니다. 붉은 댕기 다홍치마…."
"땡."
"동백꽃 따아서…."
"땡, 땡."
"머리에 꽂고…."
"아가씨, 아가씨! 땡이야. 땡, 땡."

무대에서 억센 남자 팔에 끌려 나가는데 눈앞이 캄캄했다. 그는 굴러다니는 양동이를 걷어차듯이 나를 팽개치고 어디론가 사라졌다.

도대체 어디서 잘못되었을까? 무대에 올라 가수이자 전국노래자랑 사회자였던 위키리 씨와 인사를 잘 나눴다. 연주곡이 흘러나오면서 바로 이어 첫줄도 잘 불렀지 싶었다. 노래를 부르다 무심코 쳐다봤던 방청석엔 단 한 명도 보이지 않았다. 머릿속이 하얘져 기타도, 색소폰도, 아코디언 소리도 들리지 않았던 것이었다.

다행히 나의 꿈은 가수가 아니었다. 그것은 질풍노도와 같은 사춘기 소녀의 치기어린 행동이었다. 하지만 그때의 그 무모한 경험 덕분에 내가 진정으로 원하는 것이 무엇인가를 생각했고, 길이 아닌 것은 단념할 줄 아는 사람이 되었다. 그러나 이따금씩 무엇이든 꿈꾸고, 무엇이든 도전하려 했던 붉은 댕기머리 열일곱 살 아가씨가 그립다. 그래서일까. '진도아리랑'은 지금도 여전히 나의 18번이다.

석류

가을하면 빨간 사과가 떠오른다. 하지만 사과보다 한 발 앞서 나오는 것이 석류다. 석류만 보면 나는 그것을 산다. 고향 생각이 나서다. 서너 개만 사도 푸짐하다. 유리그릇에 담아 사방탁자 위에 놓는다. 오가며 석류와 눈을 마주치다 보면 어느새 부모님과 행복했던 시간으로 돌아간다.

우리 집에는 유실수가 많았다. 내가 세 살 때 돌아가신 아버지께서 우리를 사랑하는 마음에서 심으셨다고 들었다. 앞뜰 텃밭 끝자락에 호두나무와 살구나무가 있었고 뒤뜰에는 감나무와 밤나무, 대추나무가 있었다. 그리고 장독대 옆에는 내가 제일 좋아하는 석류나무가 있었다. 장독대 옆에 석류나무를 심는 것은 잡귀를 막기 위해서라는 설이 있다. 그래서인지 어머니의 손맛으로 담근 간장과 된장, 고추장 맛은 지금도 잊을 수가 없다.

결혼할 때 어머니는 석류처럼 앙증맞은 홍복주머니에 돈과 청실과 홍실을 넣어주셨다. 아들딸 낳아 복 많이 받고 남편한테 사랑받으라는 뜻이라고 했다. 난 지금도 한복을 입을 때마다 속곳 말기끈에 홍복주머니를 매곤 한다. 비상금 넣기에는 그만이다.

석류꽃은 5월과 6월 사이에 핀다. 꽃은 잔가지 끄트머리 잎겨드랑이에 붉은색으로 핀다. 꽃이 오래 피었으면 좋으련만 금세 시들어서 아쉽다. 석류꽃은 바람이 불면 피고 바람이 불면 진다. 그래서 바람꽃이라고 한다.

석류의 가죽 같은 겉껍질은 붉은 복주머니 모양이다. 꽃받침 끝에 삐죽삐죽 예닐곱 갈래로 갈라졌다. 꽃이 지고 나면 꽃받침이 있는 그대로 자란다. 점점 자라면서 초립동이가 허리에 차는 푸르스름한 복주머니가 되고, 여름 내내 땡볕을 이겨 낸 초록 복주머니는 가을이 깊어갈수록 붉은 기운을 더해간다. 노랗게 물드는 잎과 붉은 복주머니가 대비를 이루며 석류는 독특한 분위기를 자아낸다.

석류는 버릴 것이 없다. 겉껍질 속은 노랑과 빨간색이 뒤얽혀 있어 실핏줄처럼 생겼다. 그것을 말려서 가루를 내어 차로 마시기도 한다. 처음에 끓인 물을 부으면 새콤하고 떫은맛이 난다. 색은 노랗다. 재차 우려내면 새콤달콤하며 황금색이 된다. 향긋한 석류차로 향수에 젖어 보는 것도 좋다.

지난가을, 남편이 내 생일 선물로 석류 한 상자를 사왔다. 석류는 보석 다루듯 해야 한다. 석류 알갱이에 상처를 입히지 않으려면 내가 나설 수밖에 없다. 거실에서 빙 둘러 앉은 식구들. 모두 긴장한 듯 내가 잡은 칼만 쳐다본다. 나는 꽃받침 주위를 챙 모자처럼 둥그렇게 오린다. 석류 몇 알이 살짝 보이자 자른 꽃받침 입구 쪽을 연다. 수술 끝에 석류 씨가 구슬처럼 매달려 있다. 한가운데 암술은 타다 버린 촛불 심지마냥 까맣게 휘어져 있다.

가죽 같은 겉껍질은 갈색이 도는 붉은 색이다. 겉껍질을 돌아가며 세로로 여섯 군데 칼집을 낸 다음, 가운데에 살짝 십자로 칼집을 낸다. 양손 엄지로 위를 잡고 검지와 중지는 아래를 받치고 살그머니 쪼갠다. 맨 밑바닥에 피라미드처럼 속이 훤히 보이며 자수정 알갱이들이 진을 치고 있다. 노란색 칸막이가 얇게 에둘러 예닐곱 개의 방으로 나누어졌다. 석류 알갱이들이 루비처럼 빛난다.

석류는 포크가 필요 없다. 손으로 한 덩어리씩 들고

석류 알을 입에 넣고 씹으면 달콤하고 향긋한 과육이 툭툭 터진다. 먹어 본 사람만이 느낄 수 있는 맛이다. 오감을 곤두세운 식구들. 석류 한 덩어리씩 들고 손녀들은 석류 미인이 되겠다고 먹고, 딸과 며느리는 에스트로겐이 함유되어 있다고 먹고, 남편은 피부 노화 예방에 좋다고 먹는다.

고향 석류 맛은 남달랐다. 탱글탱글한 석류는 향긋하고 상쾌한 단맛, 새콤한 맛이 더해져 톡톡 터졌다. 생각만 해도 침이 절절거리며 입안을 흠뻑 적신다.

내가 잊을 수 없는, 뒤뜰에 심은 아버지의 석류나무. 겉껍질을 뚫고 석류 알갱이들이 밤송이처럼 벌어져 가지에 불꽃처럼 매달리곤 했다. 마치 하늘을 향하여 발화하는 것 같았다. 나는 어머니한테 물었다.

"엄니! 석류 알갱이가 워째서 지대로 밤송이 맨치로 벌어진당가?"

"그랑께 엊저녁 느그 아브지가 막내딸 매길라고 그러코롬 혔나비제"

그때부터 지금까지 아니 앞으로도 석류를 먹을 때마다 아버지 사랑의 맛을 얹어 먹는다. 그 또한 석류를 먹는 즐거움이다.

내 운명의 주인은 바로 나

5학년인 손녀 차미가 친구들 사이에 손금 보는 것이 유행이라고 한다. 친구 중에는 커플링까지 끼는 아이들이 있는데, 차미의 손금은 나쁜 남자친구를 만날 운명이라는 말을 들었다고 한다. 아이들끼리 하는 장난이지만 충격을 받은 차미를 다독이며 내 손금 이야기를 들려주었다.

중 3때 일이다. 변산 내소사로 가을 소풍을 갔다. 황금빛 논에서는 추수를 하는 농부들이 분주해 보였고, 고구마 밭에서는 아낙네들이 고구마를 캐고 있었다. 나는 대웅전부터 시작해서 아름다운 가을 정취를 촬영했다. 스님들이 거처하는 요사채를 둘러보고, 스님과 신도들이 수행한다는 설선당으로 갔다. 절 구경은 처음이라 눈에 들어오는 것마다 신기했다. 마루에 한 스님이 계셨다. 나도 옆에 걸터앉았다. 마당의 정겨운 풍경이 한눈에 들어왔다.

스님은 계란형의 흰 얼굴에 지적이고 호감을 느끼게 하며 사오십 대로 보였다. 해맑은 햇살 아래 한가로이 상체를 흔들거리며 뭔가 읊조리고 계셨다. 나는 가벼운 인사를 했다. 그분은 이것저것 묻더니 손금을 봐 주겠다는 것이었다. 얼른 손을 내밀었다.

"음, 봉께 고생깨나 허겄다. 고생을 안 허면 장애를 입을 수가 있는디."

나는 장애라는 말에 떨떠름했다. 내 표정을 읽었는지 이내 입가에 잔잔한 미소를 지으며 다음 말을 이었다.

"이 선은 존디. 부모님한테 효도허고, 차커게 살먼 소원을 이룰 겨!"

"어떤 손금인디요?"

스님은 내 오른손바닥에서 등나무줄기처럼 집게손가락으로 올라가는 감정선을 가리켰다. 소원이 이루어진다는 말에 먼저 들었던 말을 잊어버리고 마음이 떨렸다.

그 후, 나는 감정선을 들여다보곤 했다. 뭔가 이루어질 것 같은 기대감. 이미자처럼 가수가 될까. 아님 국어 선생님께서 문예반에서 공부하라 했는데, 시인이 될까. 아니야, 나도 아버지처럼 교사가 되고 싶어. 막내니까 어쩌면 내가 원하는 사범고등학교에 보내주실 거야. 난 가슴 가득 희망을 품었다. 손금이 빗나갈까 봐 펜에 잉크를 찍어 검지 쪽으로 획을 긋기도 여러 번. 틈만 있으면 흩어지지 않도록 주먹을 쥐고, 확인하는 버릇까지 생겼다.

그러나 물거품이 된 고교 진학. 그렇다고 물러설 수 없었다. 이번에는 감정선 덕에 결혼 대박을 보리라 기대했다. 결혼하여 아이를 낳은 후, 감정선은 더 이상 집게 손가락으로 올라가지 않았다. 손바닥엔 온통 고생을 바가지로 한다는 잔금무늬, 손등은 울퉁불퉁 앙상한 뼈와 튀어나온 정맥으로 황소 발자국 같았다.

그런데 누군가는 황소 발자국처럼 부푼 정맥이 말년에는 부자가 된다는 말을 했다. 빈말이라도 믿고 싶었다. 나의 바람은 풍선처럼 부풀었다. 우선 집도 장만하고 예술에 소질 있는 아이들을 미술학원도 무용학원도 보내고 싶었다. 그리고 나도 학교에 가야겠다는 꿈.

그러나 꿈을 다 실현하기에는 만만하지 않은 삶이었다. 아이들 과외나 학원은 고사하고 100원 짜리 독서실에 보내는 것도 겨우 해 주었다.

차라리 현실에 맞추어 살자 생각을 바꾸려는 때였다. 회사 동료가 용한 점쟁이 덕을 봤다고 했다. 나는 솔깃하여 동료를 따라갔다. 곱게 한복을 차려 입은 오육십 대로 보이는 마른 남자가 대뜸 만 원을 요구했다. 하얀 피부에 거칠어 보이는 눈썹, 크고 둥그런 눈과 얇은 입술… 마치 산이 거꾸로 된 얼굴형이었다. 복채 그릇에 파란 지폐가 네댓 장 있었다. 나는 비싸다 싶어 망설이다가 턱을 움직이며 눈짓하는 동료와 눈이 마주쳤다. 마지못해 돈을 놓았다. 그는 먼저 손금을 보더니 고개를 저었다. 감정선은 애정 표현이 서툴러 부부 금실이 안 좋다고 했다.

그는 점상을 내 앞에 놓고는 종이에 남편과 내 생년월일을 적더니, 지렁이가 기어가듯 끄적거렸다. 남편 사주가 역마살 때문에 첩을 두지 않으면 이혼할 팔자란다. 그는 반응 없는 나를 힐끗 쳐다보았다.

"아이고, 아들 명도 짧아!"

놀라는 듯 위엄스럽게 말했다. 삼십만 원짜리 굿을 하여 조상님을 달래드리고, 양어머니를 맺어주라고 했다. 순간 마음이 흔들렸다. 나는 누가 양어머니가 되느냐고 물었다. 그는 마치 낚시에 걸린 고기를 잡은 듯, 부드럽게 당사자라고 말했다. 남자가 무슨 엄마냐고 하자 몸신이 여자라는 것이었다.

나는 동료의 옆구리를 살짝 건드리고 나왔다. 별들은 어둠을 밝혀주고, 서늘바람은 마법에 홀린 나를 깨웠다. 목을 길게 늘이고 기다리고 있을 식구들이 어른거렸다. 만 원이면 보름 먹을 쌀값이요, 연탄이 예순네 개. 명절 이라야 겨우 맛보는 돼지고기 다섯 근 값이 20분 만에 사라진 것이었다. 참으로 허탈했다.

나는 순리대로 살아가기로 다짐했다. 생활력 강한 덕 에 삶의 지혜도 생기고 생활의 여유를 찾았다. 예나 지금 이나 감정선은 검지 쪽으로 향하고, 역마살 남편이나 아 들도 잘 살고 있다. 손금이란 남의 입에 있는 것이 아니 라, 내 손 안에 있고 그것을 쥔 주인은 바로 나다. 내가 없었다면 손금은 존재하지 않을 터. 내 운명의 주인은 손금이 아니라 바로 나라는 것을….

물방울 미꾸라지

　　　　　　　오랜만에 여름방학 때 고향
을 찾았다. 혼자 사는 올케언니와 점심을 먹고 심심하여
밖으로 나왔다. 집집마다 철대문이 잠겨 있었다. 동네 인
심이 잠긴 문만큼이나 무거워 보였다.

　집 앞의 논과 저수지는 예전 그대로다. 어린 시절에
낚시질도 하고 추석이 지나면 수문 열어 물을 내보내고
고기를 잡아 동네잔치를 하던 곳이었다. 나는 대야와 어
레미를 들고 나섰다. 논 물꼬리마다 어레미를 깊숙이 집
어넣었다. 농약 때문인지 죽은 풀 가지와 올챙이뿐이었
다. 냇가로 발길을 옮겼다. 물방개나 소금쟁이도 볼 수
없었다. 새끼붕어 한 마리와 미꾸라지 아홉 마리를 잡는
데 한나절이나 걸렸다.

미꾸라지를 가지고 서울 집으로 왔다. 예상대로 깔끔한 남편은 비린내 난다, 어디다 키울 것이냐, 지저분하다며 잔소리를 했다. 나는 못 들은 척하고 금붕어 사료와 어항을 사고, 오는 길에 공사장에서 얻은 모래를 여러 번 씻고 한나절을 우려내어 어항 바닥에 깔고 사방탁자에 놓았다. 새끼붕어는 불안한지 연신 배회를 하고 미꾸라지들은 차분하게 배를 깔고 잘 놀았다. 고향의 냄새를 맡는 듯 마음이 훈훈해졌다.

다음 날 아침, 물 밖으로 튀어나온 새끼붕어가 방바닥에서 죽어 있었다. 방충망이라도 덮어줄 걸, 마음이 짠했다. 미꾸라지는 진흙이나 논흙에서 모기 해충이나 유충을 먹고 사는 줄 알았는데 다행히 사료도 잘 먹고 맑은 물에서도 잘 살았다. 누가 '미꾸라지 한 마리가 온 물을 흐린다'고 했을까. 불룩한 주둥이로 공기를 마시며 물방울을 날리는 게 재미있어 보였다.

주말에 큰딸네 식구들이 왔다. 애어른할 것 없이 미꾸라지 얘기에 시간가는 줄 몰랐다. 딸이 가져온 생밤을 깠더니 토실한 하얀 밤벌레가 기어 나와 어항 속으로 던졌다. 미꾸라지는 돌고래 쇼처럼 점프를 하며 날름 삼켰다.

"할머니! 미꾸라지가 애벌레를 먹고, 껍데기만 버려요."

차미가 소리쳤다. 하얀 풍선처럼 뿜어낸 애벌레 껍질. 몇 번을 반복했다. 손녀들의 초롱초롱한 눈망울, 상기된 표정. 자연의 비밀을 알아가고 있는 것 같았다.

"미꾸라지야! 우리 할머니를 만나서 다행이야, 추어탕이 될 뻔했잖아."

신이 난 아이들은 미꾸라지를 만지며 큰 소리로 말하는 것이었다.

며칠 후 세 살 된 친손녀 은지가 왔다. 놀이터에서 놀다가 집으로 올 때였다. 시멘트 바닥에 죽어 있는 지렁이를 미꾸라지에게 먹여보고 싶었다. 나는 지렁이를 주웠다. 은지가 미꾸라지한테 주겠다고 성화였다. 은지는 먹이를 주면서 연신 '꼭꼭 씹어 먹어야 돼' 하며 동요를 부르고 춤도 추고 이야기도 하는 것이었다. 지렁이를 먹어서인지 물이 발그레해졌다. 은지와 나는 같이 미꾸라지를 그리기도 했다.

미꾸라지에게 밥을 줄 때 클래식과 자연의 소리도 들려주었다. 녀석들은 미동조차 안 했다. 어항 속에 손을 넣었다. 궁금한 듯 손가락 사이로 오가고, 손등을 오르며 간질이거나 입맞춤 소리가 제법 크게 들렸다. 그 바람에 수염을 세어 보았다. 짧은 수염은 네 개, 턱밑 긴 수염은 여섯 개다. 볼수록 미꾸라지가 사랑스러웠다. 나는 물속에 모래산을 만들었다. 가슴지느러미 두 개, 뒷지느러미 네 개로 연신 부채질하며 모래산을 순식간에 무너뜨렸다. 수컷은 가슴지느러미가 길고 날카로운 반면 암컷은 가슴지느러미가 둥글고 짧다는데 자세히 보니 모두 수컷이었다.

미꾸라지 배 부분은 연노랑색이며 몸은 둥글고 연한 갈색 바탕이다. 미꾸라지 굵기는 다르지만 똑같은 물방울무늬를 지녔다.

나는 매일같이 미꾸라지를 들여다보며 알 수 없는 매력에 생기를 얻곤 했다. 삼 일에 한 번씩 청소할 때다. 작은 미꾸라지 한 마리가 늘 모래 속에 숨어 있었다. 오늘은 밝혀야지. 숨어 있는 놈을 조심스럽게 끌어냈다. 콧등에 살점이 떨어져 상처가 하얗게 변했다. 나한테 오기 전에 생긴 흉터였다. 죽음을 면한 그때의 트라우마로 숨는지도 모르겠다. 나도 세상을 살면서 크고 작은 상처를 받고 살아왔다. 미꾸라지 세계도 어찌 아픔이 없겠는가.

그 후, 그 미꾸라지를 물방울이라 불렀다. 음식 다툼도 없고, 동료한테 왕따나 폭력을 당하지 않아 다행이었다. 물방울은 날렵하고 피부도 융단처럼 자르르해졌다. 환경을 탓하지 않고 본연의 자세로 살아가는 것 같았다.

미꾸라지와 지낸 지 14개월. 갑자기 보름 동안 여행을 가게 되었다. 남편한테 부탁했지만 역시나 거절당했다.

물방울을 다시 고향으로 보내기로 했다. 따스한 봄날. 나는 손녀들이랑 미꾸라지를 데려가, 안양천에 한 마리씩 놓아줬다. 마지막으로 놓아줄 때였다. 물방울은 파란 돌이끼에 입맞춤을 하며 춤추듯 내 주위를 맴돌더니 비단 같은 물결에 몸을 흔들며 유유히 물줄기를 따라 올라갔다.

미꾸라지와 지내는 동안 점점 멀어져가는 고향과 부모 형제, 친구들 추억까지 되새기는 향수의 맛을 남편은 모를 것이다. 시냇가에서 찰박거리며 놀던 내 어린 시절처럼, 훗날 손녀들도 미꾸라지를 볼 때마다 떠올릴 것이다.

"물방울아! 잘 가."

손녀들의 따뜻한 목소리가 피날레를 장식했다.

모자와의 인연

　　　　　　　　양말이 귀하던 시절. 어머니
는 겨울이면 손바느질로 스카프를 만드셨다. 몸 안의 열
기가 정수리를 통해 빠져 나간다며 스카프를 모자처럼
씌워주셨다. 그래서일까, 세찬 바람이 맨다리, 치마 갓
에 들이쳐도 끄떡없었다.

　중학교 입학할 때 긴 머리카락을 단발머리를 해야 했
다. 이발소를 찾아가 보니 작고 허름한 판잣집이었다. 핏
기 없는 아저씨는 작은 키에 허약해 보였다. 그는 앞과
옆머리는 짧게 자르고 뒤의 머리카락은 남자처럼 자른다
고 말했다. 그는 긴 내 머리카락에 물을 흩뿌리며 한참
동안 빗질을 했다.

　"곱슬머리네, 성격이 까탈스럽다는디. 어매! 쇠똥 밟

은 것처럼 더벅머린 겨?"

밤송이를 까놓듯 머리털을 자르면서 군소리를 해댔다. 나도 몰랐던 내 머리카락의 비밀들을 알게 되었다.

"어매! 고집이 쎈가비어. 제비초리 아니어. 여자가 이게 뭣이다냐!"

그는 그만 해도 되련만 내 기분은 아랑곳하지 않고 계속 말하는 것이었다. 착하게 살아가는 나를 이상한 쪽으로 몰고 갔다. 당황스럽고 속상했다. 그 바람에 다른 이발소는 갈 용기조차 없었다. 하는 수없이 아저씨 도움을 받고 벙거지 모양의 캡이 있는 교모를 내내 쓰고 다녔다.

졸업하자마자 나는 파마부터 했다. 머리카락이 차분해졌을 거란 기대로 거울을 봤다. 그런데 불밤송이처럼 부풀어 머리털과 얼굴까지 두 배로 보였다. 날벼락 그 자체였다. 즉시 파마를 풀었다. 그 후부터 뒷머리를 낮게 묶은 머리를 하고 다녔다. 앞과 옆 머리카락이 빠져나와 모자를 써야 깔끔했다.

어르신들 말씀이 아기 때 배냇머리를 자르지 않아서 그렇다는 것이었다. 그래서 나는 삼 남매의 배냇머리를 동자승처럼 시원하게 깎았다. 그런데 큰딸이 예쁜 곱슬머리였다. 나를 닮지 않아 다행이라 생각했는데 고1 때 일이 터지고 말았다.

"엄마, 선생님이 내 머리카락을 보더니 미친년이래
요."

"미친년?"

내 머리는 삽시에 불이 났다. 회사고 뭐고 당장 학교로
쫓아간다고 말했다. 아이는 기겁했다. 나보다 딸이 받을
상처가 가슴 아파서 견딜 수가 없었다. 그날 밤에 백지를
놓고 화가 치밀어 쓰다가, 다시 원망의 소리를 쓰다가,
아니 슬프게 머리카락에 대한 트라우마를 쓰다가 예닐곱
장을 휴지통에 버렸다. 함께 자존심도 버렸다. 그리고 이
렇게 썼다.

선생님! 미친년이란 말보다, 부족한 딸에게 '머리를 한 번
더 빗어라 했더라면 좋았을 것을…. 나를 닮은 딸한테도 선
생님한테도 제가 죄인이 되었습니다. 주의를 시키겠지만,
아이가 저처럼 상처받지 않았으면 좋겠습니다.

1982년 4월 아란엄마 올림

그 후 선생님은 딸에게 잘 대해주셨다고 한다.

내가 본격적으로 모자를 쓰기 시작한 것은 중학교 때

부터다. 모자는 여름과 겨울 날씨에 도움도 되지만 작은 키도 커 보인다. 색깔과 모양도 다양하다. 모자는 얼굴형이 세모든 네모든 통통하든 커버할 수 있는 게 장점이다. 내가 좋아하는 것은 양반 갓이다. 기록에 나왔는지 모르지만 나폴레옹이 조선의 갓을 못 써 본 것을 아쉬워했다나. 갓을 쓰면 마치 양반이라도 된 양 시조 한 수 읊고 싶은 마음자세로 변한다. 그만큼 모자에 따라 마음도 달라진다는 얘기다.

모자 때문에 단골집도 생겼다. 최 씨 아주머니는 북에서 무일푼으로 내려와 노점에서부터 모자만 팔아서 성공했다. 그분은 모자마다 따뜻하고, 시원하고, 포근하며 우아한 멋의 심벌이라며 예쁜 문구를 덧붙였다. 나는 상견례에 입을 실크 개량한복 흰 저고리에 맞는 하얀 중절모자를 찾았다. 파란 나비 띠에 파란 장미꽃으로 포인트를 한 모자가 눈에 띄었다.

"갸레 속설이디만 꽃말이 기적을 이룬다는 기야. 고럼, 고거 사라우."

그 때문인지 큰딸 상견례에서 두 집안이 모두 합격 세레나데를 불렀다.

모자를 좋아하다 보니 모자 가게에서 아르바이트를 하

기도 했다. 손님 중에 턱이 짧고 세모진 얼굴은 빨간 니트 모자로 귀를 살짝 감싸주었다. 턱선이 살아나니 연예인 같았다. 둥근 얼굴에 통통한 친구는 캡 모자나 챙이 없는 파란 베레모를 삐딱하게 씌우고 보니 귀여웠다. 나이 때문에 늘어지는 턱엔, 캡 모자나 야구 모자가 훨씬 젊어 보였다. 이처럼 모자에 쓰인 문자와 색깔, 디자인의 암호를 풀어가며 해결하는 과정이 재미있었다. 만족해하는 손님들을 보면 어사화를 씌워주는 왕 같은 기분이랄까.

모자도 신발을 살 때처럼 본이 필요하다. 직접 써보고 사야 한다. 내겐 모자 선물이 많았다. 큰딸이 짧은 밍크 모자를 사왔다. 머리 둘레 사이즈가 맞지 않고 챙이 긴 디자인이 마음에 들지 않았다. 큰언니가 자식이 주는 선물은 무조건 받으라고 했던 말이 생각났다. 나는 구슬로 자수를 놓듯 머리 사이즈에 맞게 꾸몄다.

어느 봄날, 괜스레 마음이 싱숭생숭하였다. 좋은 약이 많은 시대니 머리카락을 마음대로 할 수 있을 것 같았다. 모자들을 꺼내 보니 쉰 개가 넘었다. 주부대학에서 레크리에이션 강의할 때 송 할머니가 연두색 털실로 짠 캡 베레모, 막내딸이 짠 빵모자와 선이가 사 준 중절모자.

사춘기를 앓는 아들을 챙겨줬다고 옆집 여자가 선물한 크라운 종 모자…. 모자마다 이야기가 있다. 그들의 따뜻한 사랑을 새삼 곱씹었다. 나는 꼭 간직하고 싶은 것만 남기고 사십여 개를 아름다운 가게로 보냈다.

다음 날 미장원을 찾아갔다. 머리방 언니는 '보브' 단발 커트에 매직 펌을 하면 예쁘겠다고 유혹했다. 변신하고 싶은 마음에 못 이기는 척 넘어갔다. 그 바람에 모자 열댓 개나 살 돈을 미련 없이 지불했다. 기분이 하늘로 날아갈 듯했다. 만나는 사람마다 그동안 항암주사를 맞는 줄 알았다는 둥, 민머린 줄 알았다는 둥, 10년은 젊어졌다며 놀랐다. 어떤 이는 나처럼 싹둑 잘라버린 사람도 있었다. 내가 마치 봄바람을 몰고 온 것 같았다. 그런 기쁨도 잠시, 내 머리칼은 흑과 백이 콩나물처럼 자라 원위치로 돌아갔다. 다시 모자를 썼다.

초록색 바탕에 노란 무늬 사각 캡 모자를 쓰고 길을 나섰다. 모자에게 아이디어를 떠올려 달라고 주문을 외웠다. 고속버스터미널에서 내렸다. 긴 에스컬레이터를 타고 올라가며, 위에서 내려오는 사람들을 봤다. 다른 사람의 색다른 모자 디자인을 볼 때였다. 야무지게 생긴 한 여인이 나를 뚫어지게 보더니, 가까이 다가서자 눈가에 미소를 머금고 묻는 게 아닌가.

"아주머니! 그 모자 어디서 샀어요?"

다급하게 묻기에 나도 빠르게 대답했다.

"편의점이요."

사실 모자 파는 편의점은 보질 못했다. 천호역에서 3,000원 주고 샀는데, 엉겁결에 헛말이 튀어 나왔다. 머리의 단점 때문에 어려서부터 머리를 떠나지 않았던 모자, 이제는 애장품을 넘어 내 몸의 일부처럼 여겨지기도 한다. 이 글 또한, 모자 덕에 썼으니 하는 말이다.

침묵시위

삼십 대 초반에 B회사에 다
닐 때의 일이다. 왜소한 사장은 중졸이었고, 자가용 기사
는 전문대를 졸업했다. 늘 정장 차림인 그에게 사람들은
'이 과장님' 하고 불렀다. 사장이나 그의 부인은 그를 오
른팔처럼 여겼기에 회사 간부들까지 정중하게 대했다.
이 과장은 검은 피부에 키 180센티미터, 튼실한 몸집,
범눈썹에 큰 눈과 두툼한 입술, 네모진 얼굴형이었다. 한
쪽으로 빗어 넘긴 머리는 포마드를 잔뜩 발라 유난히 번
들거렸다. 나는 그를 만나면 가볍게 묵례만 할뿐이었다.
내가 맡은 일은 영어로 된 로고가 잘 인쇄되었는지,
거꾸로 박히지나 않았는지, 오차 없이 시접을 제대로 박
았는지를 검사하는 것이었다.

직장에 다닌 지 4년이 지나자 월급이 80,000원이 넘었다. 월급봉투를 받자마자 절반은 적금과 비상금 통장에 넣고, 남은 돈은 쌀 20킬로 16,000원, 연탄 100장을 17,700원에 사고 나면 부자가 부럽지 않았다. 남은 돈으로 콩나물과 두부, 잘하면 이동슈퍼를 만나 한 마리 값으로 노계 두 마리를 샀다. 아이들이 좋아하는 모습을 보면 힘들지만 일할 곳이 있다는 것에 저절로 힘이 났다.

그때 회사 직원들은 초등학교 졸업생이 대부분이었다. 미싱사들은 소년소녀 가장이 많았다. 나는 크고 작은 일을 도와주었다. 적금도 맡아서 넣어 주었고, 영란이와 미영이는 목돈을 모아 야간 중학교에 다닐 수 있게 했다. 그 중 귀엽게 생긴 민희는 열일곱 살이었다. 고아로 교육을 받지 못했다. 여리고 핏기 없는 얼굴이 안쓰러웠고 글까지 몰라 한글을 가르쳐 주었다.

어느 날, 사장이 정문 쪽에서 작업실 안으로 들어섰다. 이 과장은 반대편 재단실을 통해 쪽문으로 들어와서 AS 기사와 인사를 나눴다. 늘 그랬다. 그가 느물거리며 여직원들에게 수작을 걸 때가 있었다. 능숙하게 되받아치는 사람들도 있었지만 대부분 싫은 내색은 못하고 질색하며 내게 하소연했다.

그런데 그날도 이 과장이 민희에게 가는 것이었다. 유부남 주제에 수작을 걸고 있지 않은가. 나는 잽싸게 원단을 집어 들고 잰걸음으로 다가가 민희의 재봉틀 판에 덥석 올렸다. 그러자 이 과장이 얼른 뒤로 물러섰다.

민희가 눈치를 채고 웃으며 속삭이듯 말했다.

"언니, 사모님께 회사에 나오시지 말라고 하면 안 돼요?"

"어매, 무슨 수로 말린당가이. 그냥 신경 쓰지 말더라고."

민희는 사장 부인이 제품을 높이 올리는 바람에 어깨가 아프다는 것이었다. 그사이에 곁으로 다가온 이 과장은 떫은 감 씹은 듯 말했다.

"시끄러버요! 마, 사장님이 계십니더."

사장인 양 주의를 주는 것이었다. 나는 혼잣말처럼 되받았다.

'음매! 걱정도 팔자셔.'

코웃음을 들었는지 이 과장의 얼굴이 굳어졌다. 대수롭지 않게 생각했다.

다음 날, 출근하자마자 사무실에서 나를 불러냈다. 각자의 자리에 앉아 있던 세 명의 과장들. 잠시 침묵이 흘렀다. 한 과장이 먼저 입을 떼었다.

"검사원님, 왜 그러셨시유. 이 과장허구 싸웠담시유? 사모님이 난리도 아니어유."

아닌 밤중에 홍두깨라더니, 어이가 없었다. 바른 소리 잘하는 문 과장이 조롱기 섞어 한마디 건넸다.

"이 기사 말입니다. 제2의 오너! 몰랐어요?"

과장들은 회사에 다니려면 사장 부인한테 무조건 빌라고 하였다. 이 과장이 무슨 말을 어떻게 했는지 아무도 몰랐다.

나도 일러바친다는 소문을 들어 알았지만 직접 듣고 보지 않은 일이면 믿지 않는 성격이다.

내가 한 말은 '음매, 걱정도 팔자셔' 여덟 음절뿐이었다. 불쾌했으면 이 과장이 나한테 따지면 해명할 것 아닌가 말이다. 내 자존심은 허락하지 않았다.

나긋했던 사장 부인은 눈길조차 피했다. 작업실은 기계소리 뿐. 얼음 동굴보다 더 차가운 나날이었다. 회사 식구들조차 분위기를 힘들어 했고 민희는 자기 탓이라고 자책하는 걸 타일렀다. 사장 부인의 변해버린 태도가 이 과장보다 더 서운했다. 나는 그때 결심했다. 사장이든 사장 부인이든 이 과장이든 직접 대면을 하기 전에 침묵으로 싸우기로.

과장들은 또 말했다. 이번에는 기회조차 줄 수 없다고. 최악의 상태였다. 내 형편에 옴치고 뛸 수도 없었다. 터질 것처럼 고인 눈물, 누가 볼세라 밖으로 뛰쳐나갔다. 젖은 하늘에서 찬 빗방울이 떨어졌다. 한참을 걸었다. 떨어지는 비에 내 눈물도 섞여 씻어 내렸는지 영혼이 맑아진 것 같았다.

영혼에게 말했다. 나는 결코 어떤 편견도 없었고, 사소한 말다툼은커녕 실오라기 하나 도둑질하지 않았다. 오히려 그 부인한테 사과를 받아야 할 입장이었다. 생각 같아서는 남들처럼 악쓰고 대들고 싶고 노동법을 운운하며 시시비비를 가리고 싶었다. 그러나 그들이 만나자고 할 때까지 묵묵히 기다려야 했다.

오기는 용기라 했던가. 나는 언제 그랬냐는 듯, 다음 날도 그 다음 날도 내내 출근했다. 해고는커녕 어느 누구도 가타부타 내색조차 하지 않았다. 민희가 말했다. 이 과장이 다방에서 만나잔다고. 내심 반가웠지만 나가지 않았다. 또 연락이 왔다. 바쁘다는 핑계로 거절했다.

월요일 퇴근 무렵, 이 과장은 식당 아주머니를 보내 회사 밖에서 기다린다고 했다. 해는 뉘엿거리고 거리는 한산했다. 풀기 없는 그의 산만한 몸집을 보니 감정이 되살아났다. 나는 마음을 가라앉히고 먼저 선수를 쳤다.

"난 말이오, 댁하고 노닥거릴 시간이 없소. 결론부터 말하시오."

그는 눈을 아래로 내리깐 채 나지막하게 말했다.

"이 말 저 말 할 거 엄꼬. 내, 실수한 것 같네애. 미안타 아입니꺼."

그에게서 사과를 받아 냈다. 내가 받고 싶은 건 이 과장보다 사장 부인의 사과였다. 그러나 그녀는 은근슬쩍 연한 배처럼 다정하게 대할 뿐이었다. 사람은 어디서든 또 만난다. 침묵시위로 일관했던 내 자신에게 처음으로 칭찬해 주었다.

2

웃어보자, 세상아

웃어보자, 세상아

'행복하기 때문에 웃는 것이 아니라 웃기 때문에 행복하다'고 한다. 육십 평생 살다보니 삶에 웃음만큼 좋은 것이 없더라.

친정 집 식구들은 웃음소리가 컸다. 네 언니와 다섯 올케가 모이면 박장대소, 파안대소, 요절복통, 포복절도…. 언니들 못지않게 내 웃음소리도 컸다. 그런 날이면 어머니는 한마디하면서 흐뭇해하셨다.

"에이그, 화통을 삶아 먹었나, 집 무너지겠네."

동네 사람들은 벌처럼 잠깐 왔다가 한꺼번에 날아간다고 해서 우리 집을 '벌떼 웃음집'이라 불렀다.

나는 웃을 일만 있을 거라, 희망을 싣고 시집을 갔다. 그러나 시작부터 온통 가시밭길이었다. 고통을 견디는 사이 웃음은 사라지고 화병이 똬리를 틀었다. 날이 갈수록 화 덩어리가 앙가슴으로 치밀어서 숨조차 쉴 수 없었다. 앉아서 날밤을 새는 날이 많았다. 만나는 의사마다 마음에서 오는 병이라고 했다. 목 앞부분에 아기 주먹만하게 혈관이 부풀어 올랐다. 그 원인이 무엇인지 몰랐다. 힘들고 지쳤다.

모든 것을 잊으려고 탁구를 배우기 시작했다. 하지만 발에 쥐가 나면서 차츰 다리까지 퍼지더니 오른쪽다리가 사시나무 떨리듯 하였다. 한의원에서는 중풍이 지나갔다고 했다. 치료를 받았다. 아무런 소용이 없었다. 병원을 찾아갔다. 엑스레이 필름에 바늘자국처럼 검은 점이 있었다. 파킨슨병이라고 했다.

뇌의 노화와 스트레스가 원인이라 했다. 충격이었다. 병에 대하여 알아보려고 파킨슨 카페에 가입한 뒤 환자들을 만났다. 고개가 계속 흔들려 목 디스크가 손상된 사람, 입이 떨리면서 이끼리 부딪쳐 이가 망가지고 턱까지 빠져버린 사람…. 그나마 다리가 떨리는 나는 나은 편이었다. 치료 방법은 약 먹는 것과 대체 수술뿐이었다. 내 병은 수술해서 나을 병이 아니라고 했다.

그때부터 2년 동안 약을 먹었다. 그러나 여전했다. 오히려 약이 안 맞는지 살이 5킬로그램이나 쪘다. 게다가 신경을 쓰거나 긴장하면 터널 안에 있는 것처럼 머리에 쥐가 났다. 약을 중단했다. 의사를 찾아 갔다. 의사는 팔을 수평으로 들어라, 걸어 보아라, 앉아서 다리를 수평으로 들어보라, 평소에 떨리는 것은 어떠한가, 약은 잘 먹고 있는가 물었다.

"운동은 열심히 잘 가르치고 계시죠?"

운동이 중요하다는 말에 춤 강사로 활동한다고 했더니 묻는 말이었다. 나는 오진이 아니냐고 묻고 싶었는데 엉뚱한 말이 튀어나왔다.

"처음과 똑같아서 약을 중단하고 싶은데요."

의사는 고개를 끄덕거리며 이내 받아들였다.

그런데 약을 먹지 않아도 신경이 쓰였다. 차라리 죽을 병이라면 좋으련만, 말짱한 정신을 지니고 자유롭지 못하다는 것이 겁이 났다. 나는 살면서 사랑도 받고 상처도 받았다. 그 상처로 병이 났다지만 막상 사람들을 만나지 못한다는 상상에 마음이 무거웠다. 금 같은 내 시간을 허무하게 보낼 순 없었다.

문득 '에이브러햄 링컨'의 젊은 시절이 생각났다. 링컨은 가난 때문에 네 살 때 동생이 죽고, 아홉 살 때는 어머니가, 열여덟 살 때에는 여동생이 죽었다. 그리고 두 아들마저 죽자 반미치광이 된 아내. 링컨이 숱한 시련을 딛고 일어설 수 있었던 것은 바로 웃음이었다고 했다.

나도 마음의 병이라니 우선 웃음부터 찾아야 했다. 나는 바로 '웃음치료' 강좌에 등록하고 수업을 받았다. 강사는 화통하고 시원스러운 목소리로 웃음에도 법칙이 있다고 했다.

"하하하下下下"

나 자신을 낮추어 웃고.

"호호호好好好"

관계 속에서 호감을 가지고 웃어보자.

"희희희喜喜喜"

희망 심어 기쁨으로 웃다 보면 즐겁고.

"허허허虛虛虛"

비움으로 웃어서 넓은 바다가 되자.

"해해해解解解"

맺힌 모든 것을 풀고 어린아이처럼 해해하다 보면 근심이 사라진다.

처음엔 수강생들끼리도 어색했다. 음악을 곁들여 억지로 깔깔거리고 웃었더니, 한결 사이가 부드러워지면서 기분까지 상쾌해졌다. 시름을 털고 일어설 것 같아 내친김에 웃음치료 강사 자격증까지 취득했다. 내가 무언가가 되기를 바라서가 아니라 사람이 그립고 더불어 살고 싶은 마음이 컸기 때문이었다.

나는 웃음보따리를 짊어지고 세상 사람들을 만나러 갔다. 종합병원에 입원한 환자들이었다. 레크리에이션을 곁들여 옆 사람에게 하이파이브로 '웃음 돌리기'를 했다. 계속 웃을 수만 없어 노래도 부르면서 간단한 춤사위도 했다. 쑥스러운 분위기가 웃다 보니 옆 사람에게 전염되었다. 웃음 역시 혼자보다 둘이 좋고, 둘보다 셋이 좋고, 셋보다 여럿이 웃을 때가 더욱 유쾌했다.

나는 일주일에 데이케어센터 세 군데를 다니게 되었다. 치매 환자들에게 잃어버린 웃음을 찾아주고 싶었다. 노래에 따라서 '만보 걷기와 건강 박수'를 치면서 어르신들을 유도했다. 자는 척하거나 배회하는 사람, 멍한 시선과 차디찬 표정들이었다. 분위기를 바꾸려고 옛날 노래를 틀었다. 그런데 충청도 할머니가 눈물을 흘리는 바람에 요양사가 밖으로 모시고 나갔다. '애인이 돼 주세요'

라는 신나는 곡으로 바꾸었다. 흥이 났는지 트위스트 춤에 빠진 아저씨. 그 모습을 보면서 나는 넘어질까 걱정하고 있는데 못마땅한 눈으로 보던 할머니 한 분이 한마디 하셨다.

"저이는 멀대 같이 생겨가지고 뭐하는 거야."

그 말끝에 분위기가 삽시에 어수선해졌다. 한 시간이 하루 같았다.

시설에는 치매 환자만 있는 게 아니었다. 뇌질환이나 중풍 환자, 파킨슨 환자도 있었다. 집으로 돌아와서도 어르신들의 개성이나 각자 달랐던 표정이 떠올랐다. 다른 프로그램을 개발해서 냉소적인 어르신을 웃게 해드리고자 다짐을 했다. 좌절과 강박감, 불안해하는 어르신들을 위해 꼭두각시 의상을 준비하면서 내 웃음이 해맑게 전달되었으면 하고 빌었다.

다음 날 나는 흥겨운 '오동동 타령'을 틀고 한 분씩 손뼉을 마주치게 했다. 재롱을 떨듯 춤을 추고 눈을 맞추며, 입꼬리를 올리고 한껏 웃음을 뿌렸다. 그리고 오동나무에 대한 일화를 들려주고, 그 나무의 쓰임새에 대해 물었다.

"옛날에는 오동나무로 무얼 만들었다고 하지 않았나

요?"

여자분들은 서로 장롱에 얽힌 추억을 말하는데, 남자 한 분은 색다른 대답을 했다.

"오동추야는 가을 밤을 말하는 거요."

"그렇죠, 잘 아시네요, 박수!"

추임새에 모두들 통쾌하게 웃었다. 바로 '사랑의 이름표' 틀고 돌아가면서 '웃음열기' 박수를 신나게 쳤다.

"하하, 호호, 희희, 허허, 해해."

그 웃음은 내게 활기를 주고 위트를 발휘할 수 있는 분위기를 만들어 주었다.

나는 그 인연으로 지금도 세상 사람을 찾아다닌다. 가족은 몰라보면서도 내가 가면 반가워서 사탕을 주는 치매 노인, 이런 세상이 있는 줄 몰랐다며 즐겁게 운동하는 파킨슨 환자, 노래만 나오면 자동으로 춤추며 더 놀다 가라고 붙잡는 할머니, 가요를 신명나게 따라 부르는 아저씨를 볼 때마다 가슴이 뿌듯했다.

나는 행복 웃음을 실어 날랐는데 그 웃음이 새끼를 쳐서 몇 배로 되돌아왔다. 그래서일까. 6년이나 약을 먹지 않는데도 활동에 전혀 지장이 없다. 사십 년 동안 화병에 멍든 심장도 웃음을 만나고 사람을 만나고 세상을 만나서 많이 좋아지고 있다. 더 이상 과거에 매달리지 않았더니, 내 안에서 나오는 웃음이 바로 사랑이었다. 건강이 허락하는 날까지 세상을 향해 사랑의 웃음 씨앗을 바람에 실어 뿌리리라.

"웃어보자, 세상아!"

"하하하."

"호호호."

"희희희."

"허허허."

"해해해."

9323H623번 전봇대

서울에서 세 아이를 데리고 문간방을 전전하다가 40대 초반에야 겨우 신정동에 집을 장만했다. 우리는 뒷집과 27평을 반으로 나누어 살았다.

일자형으로 생긴 슬레이트집은 시멘트 벽돌로 만든 벽이어서 허술하기 그지없었다. 앞뒷집에서 코골이 소리도, 싸움 소리도 다 들렸다. 그래도 아이들이 우리 집이라고 좋아하는 것이 흐뭇했다.

무더운 여름엔 2미터도 안 되는 좁다란 마당 바닥에 천막 비닐을 깔았다. 틈새로 보이는 하늘을 이불삼아, 아이들에게 옛날이야기도 들려주며 단잠을 자기도 했다. 겨울 한낮 처마를 비집고 들어오는 햇살도 내 집이라 그런지 더 밝고 따스했다.

100미터쯤 되는 우리 골목에는 전봇대 세 개가 서 있었다. 그 중간에 있는 전봇대는 우리 집 대문 옆에 세워져 있었다. 그래서 사람들은 우리 집을 '전봇대 집'이라고 불렀다. 싫지 않았다. 사람들 사이에 얽히고설킨 인연처럼, 수많은 전선과 통신선을 떠받치고 있는 전봇대. 집집마다 희망의 메시지를 보내느라 힘이 들어서인지 약간 기울어졌다. 전봇대 가로등도 밤새도록 집 안팎을 밝혀주었다. 은은한 불빛에 취해 온갖 벌레들이 몰려와 축제를 열기도 했다.

전봇대가 있는 골목은 아이들 놀이터였다. 아들은 친구들과 전봇대에서 독수리 오형제놀이나 말 타기를 하고, 기둥으로 올라가 타잔처럼 뛰어내리기도 하여 타박상이 잦았다. 여자아이들은 오자미, 땅따먹기나 숨바꼭질을 했다. 일곱 살 막내딸이 좋아하는 고무줄놀이 할 때도 전봇대의 허리를 빌렸다. 어쩌다 아무도 없을 때 동네 개들이 영역 표시를 할라치면, 우리 매리가 득달같이 쫓아냈다. 그렇게 아이들이 신나게 놀고 싸우며 울다가도 금세 풀려 골목 안은 웃음꽃이 피어났다.

전봇대를 찾는 것은 아이들만이 아니었다. 과외 학생

을 찾는 대학생은 전봇대에 광고지를 붙여 연결되기도 하고, 집 나간 개를 찾거나 까치가 집을 짓기도 했다.

그런가 하면 전봇대가 수난을 당할 때도 있었다. 친구 만남과 중화요리, 유흥업소 스티커까지 붙여 보기에 흉했다. 붙이는 사람이야 어떻게든 먹고 살자고 하는 일이지만, 점점 지저분해지는 전봇대의 모습이 보기 싫어서 뗄 수밖에 없었다. 게다가 앞집에서 연탄재와 썩은 음식 쓰레기를 전봇대 앞에 버리니 지나가는 사람들까지 쓰레기를 버렸다. 어떤 이는 담배꽁초를 전봇대 몸뚱이에 끄고 바닥에 짓이겼다. 그 바람에 전봇대와 우리 집 벽은 온통 누더기로 덧입혀졌다. 때론 취객의 토악질까지 치워야 했던 나는 덩달아 토할 것만 같았다.

어느 해 연말이었다. 회사에서 망년회를 마치고 늦게 골목에 들어섰다. 등판이 바위 만하고 장대같이 큰 시커먼 남자가 전봇대에 머리를 박은 채 중얼거리고 있었다. 이번에는 혼쭐을 내야겠다며 심호흡을 하며 다가갔다. 남자는 전봇대를 붙들고 씨름하는 것도 모자라, 허리춤을 풀더니 갑자기 폭포수를 쏟아내기 시작했다.

"아저씨! 남의 집에다 뭐하는 거예요!"

징소리보다 더 크게 소리를 질렀다. 문어 다리처럼 온

몸을 흔들거리며 내 앞으로 돌아선 남자. 나는 그만 기겁하여 황급히 안으로 내달렸다. 그날 이후 전봇대를 옮기려고 알아봤다. 그러나 예산이 없다는 말에 포기할 수밖에 없었다.

얼마 후 재건축 붐이 일어났다. 앞집이 4층으로 짓는 바람에 우리는 하늘은커녕 햇빛 구경하기도 어려웠다. 더욱 초라하게 작아져 버린 집. 전봇대의 가로등만 희미하게 깜박거렸다. 뒷집 아주머니를 찾아 갔다. 우리 집을 사든가, 아니면 팔든가 하라고 했다. 아주머니가 같이 집을 짓자고 했지만, 나는 집을 파는 쪽으로 마음을 정했다.

부동산을 찾아갔다. 아저씨들이 바둑을 두고 있었다. 내가 집을 팔겠다고 말하자 한 사람이 바둑알을 놓고는 몇 평이냐고 물었다.

"열세 평 반인데요."

"에이, 쪼가리 집. 그런 거, 요즘 누가 사요?"

재수 없다는 듯 내뱉고 바둑판 쪽으로 가 버렸다. 그만 자존심이 상했다.

반쪽집도 전봇대집도 아닌, 쪼가리 집이라니. 사실 틀린 말은 아니지만 속상했다.

'지는 뱁새눈하고 주걱턱에 만들다 만 메주덩어리 같으니라고.'

속으로 있는 욕 없는 욕 다 끌어다 해도 업신여김을 당했다는 마음에 분이 가시지 않았다. 그 후 다른 부동산에 갈 엄두가 나지 않아 전화로 물어 봐도 답은 마찬가지였다.

늦바람 부는 가을밤, 잠은 오지 않는데 전봇대에서 덩그렁거리는 소리에 온갖 걱정이 더했다. 참을 수 없어 밖으로 나갔다. 누가 매달았는지 전봇대 허리에 '교차로 신문'통이 묶인 채 바람에 흔들리고 있었다. 나는 화풀이라도 하듯 신문통을 떼어 버렸다. 무심코 신문 한 부를 들었다가 눈에 들어온 부동산 매물 광고. 순간, 이거다 싶었다. 날이 새기 바쁘게 광고를 냈다. 그 후 우리 집은 이십여 일 만에 계약을 했다. 집값은 부르는 대로 받으면서 중개수수료는 8,600원밖에 들지 않았다. 전봇대가 부동산 노릇을 톡톡히 해 준 것이었다.

전봇대 덕은 나만 본 게 아니었다. 동네를 위해서도 큰일을 한 적이 있었다. 어느 일요일 오후, 남편이 타는 냄새가 난다며 밖으로 나가더니 뒷집에 세든 집 부엌에서 불이 났다고 소리쳤다. 급히 밖으로 나갔다. 어느새 부엌에서 검붉은 불길이 솟아오르고 있었다. 남편은 뒷집 대문을 부서져라 두드렸다. 순간 눈에 띈 큰 석유드럼통. 일대가 폭발할 것 같았다. 급히 119로 전화를 걸었다.

"아주머니! 차분하게, 차분하게, 전봇대집이라고 하셨죠? 전봇대 고유번호를 불러주세요."

"전봇대 번호?"

밖에서 듣고 있던 남편이 잽싸게 불러주었다.

"'9323H623'. 석유 드럼통이 있어요. 빨리요! 빨리!"

소방차가 달려왔다. 불은 금세 잡혔다. 집 주소보다 더 정확한 '전봇대 번호' 덕에 그곳 주민들은 큰 불행을 면했다.

전봇대는 사람들에 의해 횡포를 당하기도 하고, 새싹들의 놀이터도 되었다가 서민들의 희망이 되기도 했다.

축구공 만한 자리를 차지한 전봇대지만, 그에게도 고유 번호가 있다는 것을 그때 처음 알았다. '9323H623'이라는 이름으로 존재하고 있었다는 것을. 성공과 출세만이 행복으로 알았던 나는 묵묵히 자리를 지키는 전봇대야말로 진정한 삶의 버팀목이 아닐까 한다.

새벽길에 만난 두 남자

수년 전 일이다. 라디오에서 대중교통을 이용하다 일어난 에피소드가 있으면 신청하라고 했다. 나는 손에 들고 있던 걸레를 던지고 재빨리 전화를 걸었다. 운 좋게도 방송에 나가는 행운을 얻었다.

1988년 늦가을에 한 택시운전사에게 신세진 사연을 말했다. 더불어 그분이 방송을 듣고 있다면 찾아뵙고 감사의 마음을 전하고 싶었다.

30대 초반이었던 나는 집 근처 방위산업체에 취직을 했지만 집안 형편은 어렵기만 했다. 처지가 이렇다 보니 이웃들도, 친척들도 우리를 대하는 태도나 말투가 달라졌다. 자존심이 상했다. 게다가 사랑스런 아이들까지 무시를 당했을 때 피가 거꾸로 솟는 듯했다. 어떻게든 나도 부자가 되고 싶었다.

여러 날 고민 끝에 직장에 다니는 것만으로는 안 되겠다 싶어 아르바이트까지 겸하기로 했다. 새벽에 독서실 청소를 3시간 하고 바로 회사로 출근했다. 퇴근 후에는 식당에서 아르바이트를 했다. 하루 네댓 시간밖에 잠을 못 잤다. 그런 노력의 대가로 적금도 하고 형편이 나아졌다.

그러기를 두 해. 독서실에 가려면 버스를 타고 다섯 정류장을 가야 했다. 그러나 교통비 140원을 아끼려고 걸어 다녔다. 늦가을 새벽길은 스산했다. 기울어진 가로등이 마치 술이 덜 깬 취객처럼 보였고 불빛마저 어둑했다. 그날따라 별마저 모습을 감췄다. 뜸하게 지나가는 버스. 늘 다니는 길인데도 긴장이 되었다. 귀신이나 짐승보다 사람이 두려워서다.

두 손을 바지주머니에 넣고, 신정삼거리 건널목에서 신호가 바뀌기를 기다렸다. 순간 등 뒤에서 사내의 억센 팔이 내 가슴을 휘감았다. 몸이 냉동된 것 같았다. 숨조차 멎은 듯 꼼짝할 수가 없었다. 머리도 눈동자도 정지되고, 발바닥마저 본드를 밟은 것처럼 떼어지지 않았다. 아무리 소리를 지르려고 해도 도무지 나오지 않았다. 나는 눈을 크게 치뜨고 주위를 살폈다. 그때 건너편 정류장 앞에 택시가 서는 것이 보였다. 택시 운전사가 내리는 것이었다.

"아, 아, 아저씨! 아저씨!"

사력을 다해 비명을 질렀다.

"왜 그러세요?"

운전기사는 수상했던지 내가 있는 쪽으로 택시를 돌렸다. 등 뒤에서 팔과 가슴 위로 감았던 구렁이 같은 팔이 스르르 풀렸다. 사내는 이내 아파트 입구로 사라져 버렸다. 나는 그만 자리에 주저앉고 말았다.

"아주머니! 괜찮으세요?"

"…"

"다친 데 없어요? 새벽에 어디를 가시기에…. 타세요."

너무 놀라 정신을 차릴 수 없었다. 이번에는 기사가 팔을 잡아끄는 대로 택시를 타고 말았다.

"어디로 가세요?"

"저어, 목동 14단지요."

"밤늦게나 이른 새벽에 다니지 마세요. 불미스런 일이 많습니다."

나는 엉겁결에 차를 탄 것을 후회했다. 과연 이 기사는 믿을 수 있을까 하는 불안감이 밀려왔다. 다시 가슴이 두방망이질하듯 뛰었다. 차 문고리를 잡았다. 여차하면 문을 박차고 뛰어내릴 참이었다. 그런데 기사는 이런저런 얘기를 하면서 조심하라고 당부했다. 차에서 내렸을 때야 잠시나마 기사를 의심한 것이 미안했다. 그 바람에 차비도 못 주고 고맙다는 말도 못 했다는 것을 알게 되었지만 이미 택시는 보이지 않았다.

그 후로도 나는 많은 이웃의 도움을 받고 살았다. 그중에서도 하마터면 새벽에 큰일 날 뻔했던 나를 구해주었던 기사아저씨를 잊을 수 없다. 그분 덕에 라디오 출연료까지 받았다. 마음 빚을 지고도 이제껏 갚지 못한 아저씨에게 이렇게 말하고 싶다.

'그날 진심으로 고마웠습니다! 살면서 아저씨처럼 선행으로 은혜를 갚겠습니다.'

300원짜리 생일케이크

　　　　　　친정어머니는 생일이 되면 옻소반에 촛불을 올린 팥시루떡과 물 한 대접을 놓으셨다. 그리고 꿈과 소원을 담아서 손이 닳도록 빌었다. 성주님께는 자식의 운수대통과 건강하게 해 주십사 빌고, 길신께는 교통사고 나지 않게 도와달라고 빌고, 삼신할머니한테는 사랑받게 도와 달라는 기도였다. 내 생일도 이십하고 사 년 동안 챙겨 주셨다.

　나도 결혼하고 남편의 첫 생일상을 차렸다. 하지만 어색하고 부끄러워 엄마처럼 말이 나오지 않아서 마음으로만 빌었다. 그래도 남편은 생일을 처음 찾아 먹는다면서 좋아했다. 시댁과 친정 문화가 너무 다를 뿐더러 시어머니는 빙의가 실린 탓으로 삶에 의욕이 없으셨다. 그런

환경에서 자라온 남편이 안쓰러운 생각에 더 챙겨주고 싶었다. 친정엄마한테 배운 대로 생일만큼은 온가족과 함께 즐겼다.

남편은 사회에서는 모범생이라고 칭찬을 받았다. 하지만 사람들에게 술을 사주고 마시는 실속 없는 일을 즐겨서 외박이 잦을 수밖에 없었다. 그러다 보니 월급날이면 외상값 갚기에 바빴다. 시간이 지나면 변할까 싶었지만 기대와는 거리가 멀었다.

나도 해가 바뀔수록 잔소리가 늘었다. 그런 날이면 남편은 그럴 수도 있지, 변명하고 훈계하느냐며 귀담아 듣지 않았다. 신은 소통을 위하여 말을 주었다지만 우리 사이에는 말이 제구실을 하지 못했다. 내 성격은 완벽주의에 가깝고 남편은 적당주의다보니 소통하기가 벽을 뚫기보다 어려웠다.

환경이 바뀌면 변할까 싶어 서울 신도림동으로 이사를 했다. 새로운 직장에 적응을 못하던 남편은 입사 몇 달 만에 사표를 냈다. 하는 수 없이 구멍가게를 차렸지만 수입은 바닥을 치고 있었다. 남편은 가게에는 관심 없고 틈만 나면 어디론가 사라지기 일쑤였다. 게다가 할 줄 모르는 노름까지 손대기 시작했다. 그렇다고 묶어 놓을 수도 없고 아이들 앞에서 싸울 수도 없는 일이었다. 나는 점점 꿈도 희망도, 실낱같은 삶의 의미마저 잃어가며 우울증이 깊어졌다.

그 우울증은 나를 사람들로부터 고립시켰다. 부모형제도 세상 사람들도 만나기 싫었다. 어두운 공간이나 하다못해 무인도로 떠나고 싶었다.

그때 시골에서 막내시누이가 왔다. 모처럼 만난 시누이와 아이들은 신바람이 났다. 통행금지 사이렌이 울리고 노란 완장을 찬 방범대원이 마지막 순찰을 하고 지나갔다. 한참을 기다렸지만 남편은 오지 않았다. 가게 문을 닫고 방문을 열어 보았다. 모두들 옷을 입은 채 쓰러져 단잠에 빠져 있었다. 시누이가 온 것이 다행이다 싶었다.

나는 천천히 방문을 닫았다. 죽음이란 그림자가 빨리 끝내라고 재촉을 해댔다. 언젠가 사 두었던 쥐약 두 병을 꺼냈다. 단 한 번에 저세상으로 가고 싶었다. 약병은 얼음처럼 차가웠다. 쥐약이 쓰지나 않을까? 죽으려고 마음먹은 여자가 쥐약 맛이 궁금하다니… 헛웃음이 나왔다. 용기를 내기 위해 술의 힘을 빌리기로 했다.

손님이 마시다 남긴 소주를 유리잔에 부었다. 확 올라오는 알코올 냄새. 입술 끝에서 씁쓸하고 거북했다. 어릴 때 엄마가 익모초 즙에 사카린을 타 준 생각이 났다. 주인의 색을 입히기 위해서일까, 속을 비운 투명한 유리잔. 서서히 술이 들어가고 환타가 들어가자 불그레한 액체가 나를 유혹하는 것이었다. 망설일 것 없이 마셨다. 달달했다.

한 잔,

두 잔,

석 잔,

또 한 잔,

두 잔,

석 잔….

시계추처럼 흔들리는 머리, 녹작지근한 몸뚱이, 낙지 다리처럼 꼬이는 종아리, 거미줄처럼 복잡했던 생각들이 연기처럼 사라졌다. 이것이 인생이란 말인가? 웃음이 나왔다. 막혔던 말들이 맑은 물처럼 쏟아지기 시작했다. 혼자 묻고 대답하기를 한참. 나는 술에 취하여 정신을 잃고 말았다.

꼭두새벽에야 돌아온 남편. 시누이는 나뒹구는 술병과 쥐약을 먼저 보고 기겁하여 소리를 질렀다. 겁 많은 남편은 잘못을 빌었고, 그 길로 노름은 하지 않았지만 여전히 죽음의 유혹은 나를 스토커처럼 따라다녔다. 놈은 집이든 밖이든 낮과 밤도 없이 내 영혼까지 마비시키려 들이댔다. 결국 가게는 4년 만에 폐업하고 말았다. 나도 남자들처럼 주야장천 취하고 싶었다. 법만 없다면 누군가를 패주고도 싶었다.

그러나 세월이 가도 달라지는 것 없는 삶이라고 언제까지나 방황할 수만은 없었다. 아이 셋을 둔 엄마였으니까.

얼마 후 직장을 구했다. 그러나 퇴근 때면 집에 들어가기 싫었다. 휴일도 반납하고 야간작업에 철야까지 일삼으며 몸을 혹사시켰다. 그래야만 우울증으로부터 떨어져 숨을 쉴 수 있었다.

다른 사람들의 삶이 궁금했다. 보조로 일하는 아주머니들에게 물었다. 왜 사느냐고. 아이들 때문에 산다고 했다. 이번에 처녀총각들에게 물었다. 부모가 낳아줬으니 산다고 했다. 그런데 열일곱 살 청소년 가장인 준혁이는 죽지 못해서 산다고 했다. 성격이 밝고 성실한 준혁이는 사람들한테 귀여움을 받고 예쁜 애인도 있었다. 그런 그가 어찌할 수 없어서 산다니. 그 말이 내 머리를 내리쳤다.

야간작업을 마치고 돌아가는 길, 준혁이가 했던 말이 머릿속에 되살아났다. 잠들었을 아이들이 떠올랐다. 내가 저승을 간다면 준혁이처럼 우리 아이들의 희망도 기쁨도 빼앗아 가게 되는 건 아닐까.

대문을 열었다.

"엄마! 언니랑 오빠가 케이크 만들었어요."

달려온 여섯 살 막내가 수다스럽게 케이크가 탄생한 과정을 말해 주었다.

출근할 때 아이들에게 100원씩 용돈을 주었다. 아들은 100원짜리 보름달 빵을 사서 큰 접시 위에 놓았고, 큰딸은 100원짜리 초콜릿을 썰어서 빵 위에 발랐다. 막내딸은 뽀빠이와 자야를 사서 속에 들어있는 삼원색 별사탕으로 케이크를 장식했다. 마치 하늘의 별이란 별은 다 따놓은 것 같았다. 생일 축가가 심장 속을 타고 들어가 응어리를 녹이고, 눈물 젖은 내 눈에 비친 케이크에서 찬란한 빛이 뿜어져 나왔다.

그날 밤 많은 생각을 했다. 나 하나 죽으면 그만이라고 기회만 엿보았다. 그런데 삼십 년하고도 오 년, 삼백 원짜리 생일케이크를 받던 날, 이십사 년 동안 내 생일이면 엄마가 팥시루떡과 기도했던 모습이 오버랩 되었다. 그저 당신의 꿈을 접고 자식이 무탈하고 행복하기 바라셨을 텐데…. 나는 씻지 못할 불효를 저지를 뻔 했다는 것을 아이들을 통해 깨달았다.

'자살' 글자 순서만 바꾸면, 십 년을 하루같이 괴롭힌 '자살' 스토커도 '살자'로 쫓아내게 된다는 것을.

몸뻬의 승리

　　　　　　　　　사람이 사람을 만나면 먼저
얼굴을 본다. 그 다음은 옷을 본다. 그리고 말과 행동이
다. 그러니까 옷은 제2의 얼굴인 셈이다.

　모든 사람이 그런 것은 아니지만, 세상 사람들은 상대
를 옷으로 판단하는 경우가 많다. 왜냐하면 내가 몸뻬를
입었을 때마다, 세 번이나 수모를 당한 사실이 그걸 증명
해 주니까.

　1977년, 가게를 할 때였다. 부가가치세 신고를 했는
데, 다시 통지서가 나왔다. 확인하러 세무서에 갔다. 담
당 직원은 위아래로 내 모습을 훑었다. '몸뻬 때문인가'
하고 순간 창피하여 움츠렸다. 서랍장을 뒤지더니 이내
없다고 말했다. 그러던 직원이 내 뒤에 있던 멋진 여성하

고 얘기를 나누면서 내겐 말할 기회도 주지 않았다. 모욕
감이 심장을 할퀴었다. 3층 서장실로 올라갔다. 아무도
없었다. 나는 파수병처럼 입구에 버티고 있었다. 얼마 후
넥타이를 반듯하게 맨 사람이 왔다.

"안녕하세요. 서장님!"

그는 내 얘기를 듣더니 1층으로 내려갔다. 나도 따라
갔다. 그는 담당자에게 "서장실에서 기다리고 있더라구"
하고 귓속말을 하듯 하였다.

직원은 눈을 크게 뜨고 힐끗 나를 보더니 긴장한 듯
입술을 다문 채 허리를 굽혀 신고서를 찾기 시작했다.
엎드린 그의 뒤에서 나는 마치 서장이나 된 것처럼 버티
고 있었다.

서랍장에서 낯익은 내 글씨, 신고서가 나왔다. 3분 만
에 해결됐다. 몸빼를 입었어도 이겼다. 그때의 일은 내게
큰 용기를 준 첫 번째 승리!

몸빼는 나의 외출복이요, 작업복이요, 금고이기도 했
다. 아니, 생활전선에 나설 때 입는 전투복이었다. 골목
안 '맛나 술집'에서 소주 두 박스 주문을 받은 날이었다.
아무리 기다려도 배달 가야 할 남편이 오지 않았다. 하루
종일 팔아도 열 병도 팔까 말까 한 기회를 놓칠 수 없었

다. 가게 문을 잠그고 술을 머리에 이어 날랐다. 머리가 짓눌려 자라목이 되었다. 40병을 다 나르고 돈을 받아 뿌듯한 기분으로 몸뻬 주머니에 넣을 때였다. 한 사내가 내 팔을 잡아챘다. 자동으로 내 몸이 획 돌아섰다.

"어이, 술 한 잔, 딸지!"

사내의 동공은 풀려 있었고, 혀는 뱀 혓바닥처럼 해롱 거렸다. 나도 모르게 사내의 뺨을 후려쳤다.

"썩을…."

술집 여인네 비명소리. 그릇 부딪히는 소리를 뒤로 하고 밖으로 나왔다. 묵은 체증이 내려갔다. 몸뻬 입은 여자만이 날릴 수 있었던 통쾌감이랄까. 만약 내가 우아한 정장이나 한복을 입었다면 그렇게 한방에 날릴 수 있었을까? 전투복 몸뻬에서 나온 두 번째 승리!

엄마는 젊은 내가 몸뻬를 입는 것을 보고 '가난이 자랑이냐'며 못마땅해 하셨다. 엄마는 한참 유행하는 보우 칼라 블라우스를 사 주었다. 한 번 입어 보기만 하고 이내 장롱으로 밀어 넣었다. 도무지 내 생활과는 어울리지 않았다. 옷이 없어서 몸뻬만 고집한 게 아니었다.

어느 날인가 엄마는 절에 다녀왔다며 이번엔 회색 바지를 주셨다. 회색은 외부로든 내부로든 스트레스에 시달릴 때 입으면 자신감을 준다는 것이었다. 눈밭에 뒹굴어도 끄떡없을 만큼 두툼해서 딱 내 스타일이었다. 그런데 그 바지마저도 몸뻬의 수난을 피해가지 못했다.

남편이 H회사의 해외근로자로 일했던 1982년 겨울이었다. 사내 신문 수기 공모에 당선되어 상금을 받으러 갈 때 그 회색바지를 입었다. 맨얼굴에 빨간 파카 점퍼와 짝짝이 양말, 검은 털 고무신이 나의 차림새였다. 북극 바람에도 끄떡없을 정도였다. 회사는 광화문에 있었다. 웅장한 건물에 기가 눌려 머뭇거렸다. 단정하게 감색 제복을 입은 경비원이 초소 안에서 나를 보더니 가타부타 말도 없이 나가라고 손사래를 퍼부었다. 자존심이 상했다. 무시하고 정문 안으로 걸어갔다. 경비원은 초소 밖으로 나오며 범인 쫓듯 호루라기를 불었다. 나와 눈이 마주치자 굴삭기처럼 끌어내는 동작을 취했다.

"이봐!"

'이런, 반말을!'

못 들은 척, 빠른 걸음으로 걸었다.

"아지매!"

그는 다급하게 소리쳤다. 나는 내달렸다.

그때였다. 회전문을 밀고 검정 정장 차림의 건장한 두

남자가 나왔다. 아이보리색 점퍼를 입은 나이 지긋한 남자를 보좌하듯 했다. 나도 경비원도 멈췄다. 경비원은 점퍼 남자를 보더니 구십 도로 절을 했다. 점퍼 남자가 말했다.

"왜 그래?"

점퍼 남자는 나와 아저씨를 번갈아 보며 물었다.

"저 아지매가 들어갈락 캐서….”

"볼일 있으니까 오셨겠지.”

세 번째 승리! 싸움은 끝났다. 나는 5층으로 갔다. 그때서야 회사에서 보낸 전보용지를 보았다. 알고 보니 점퍼 차림은 회장님이었다. 높은 사람도 점퍼를 입는다는 사실을 아는 순간, 나는 어떤 동료의식을 느꼈다. 사람을 옷으로 보다가 큰코다치지.

올 여름에는 바다 같은 청색으로 생활 전투복을 입을 생각이다.

어머니의 탯말

따뜻한 봄날, 맑은 개울에서 수많은 금붕어가 춤을 춘다. 환상적인 아름다움에 새댁은 이내 체망을 집어넣는다. 잡힌 붕어는 하얀 배를 드러내며 비실비실. 새댁은 애처로워 도로 놓아준다. 순간 팔뚝만한 황금잉어들이 몰려온다. 새댁은 체망을 힘껏 쥐고 잉어를 낚아챈다. 잡힌 놈은 잉어가 아니라 놓아주었던 그 붕어다.

내가 스물다섯 살 때 꿈꾼 첫아이 태몽이었다. 고된 시집살이에 스트레스를 받아서인지 구토증이 심하여 음식 만들기가 두려웠다. 나는 배가 고프면 찐쌀로 달랬다. 입덧이 7개월이 넘도록 가시지 않아 몹시 야위었다.

그해 11월에 부모형제들이 우리 집에서 모였다. 나는

가족들이 모인 김에 출산일이 가까워졌으니 친정집에서 아기를 낳고 싶다고 말했다. 친정이나 시댁 가까이에 병원은 없지만 엄마만 계시면 귀신도 두렵지 않을 것 같았다. 그런데 큰오빠가 출가외인이라며 반대하여 몹시 서운했다.

친정에서 아기를 낳고 싶은 이유가 있었다. 엄마의 특별한 손을 믿기 때문이었다. 엄마가 알을 품은 어미닭을 제치고 알을 만져도 닭은 가만히 있었다. 나도 엄마 흉내를 내봤지만 암탉이 손등을 쪼아 피를 흘리기도 했다. 개가 새끼를 낳을 때도 엄마 손을 거쳤다. 돼지도 마찬가지였다. 돼지는 낮보다 밤에 새끼를 낳을 때가 많았다. 엄마는 우리 밖에 삼줄을 쳤다. 천장에 남폿불을 걸어 온화한 분위기를 만들고, 돼지의 배를 문지르며 주문을 외우시는 것이었다.

"놀래지 말그라. 어매! 착하기도 헌 것. 쬐금만 더 힘을 주랑께."

돼지는 편안하게 누워서 대꾸하듯 꿀꿀거렸다. 갓 태어난 새끼의 오물을 닦아주며 젖을 먹이는 어미돼지의 평온한 모습이 신비롭기까지 했다. 엄마는 동네 산모의 아기를 받아 본 경험이 많으셨다.

그날 친정 엄마는 시어머니 방에서 같이 주무신다고 했다. 그 방에는 짚불을 태우고, 내 방에는 연탄을 갈았다. 한참을 지나 불이 달구어졌는지 확인했다. 연탄불은 꺼질 듯 가물거렸다. 시어머니가 연탄을 아끼려는 마음에 불구멍을 틀어막은 것이었다. 나는 연탄구멍을 열어 놓고 그만 잠들어 버렸다.

다음 날이 문제였다. 친정엄마가 애절하게 내 이름을 부르는 소리가 들렸다. 소리를 따라 가려고 애면글면할 때마다, 초록 이파리들이 거세게 회오리바람을 일으켰다. 아스라이, 또는 가깝게 들리는 엄마의 목소리.

"야야! 야야!"

나는 뻐르적거리며 팔다리를 휘젓다가 물웅덩이에 빠졌다. 눈을 떴다. 한눈에 들어온 엄마는 하얗게 질려 있었다.

엄마의 이야기로는 날이 밝았는데도 우리 부부가 일어나지 않았다고 했다. 불길한 예감에 문을 부수고 황급히 들어와 보니 가스 중독에 모두 의식을 잃고 있었다. 남편은 정오가 넘어서 먼저 깨어났고, 나는 세 시간이 더 지나서 깨어났다고 했다. 태아의 움직임이 없었다. 그때서야 병원을 찾아갔다. 그리고 반나절이 지나서 태동하여 병원 문을 나섰다. 엄마는 가슴을 쓸어내리며 산후조리를 도와줄 사람을 보내준다고 약속하셨다.

일주일이 지났다. 이른 아침부터 산기가 보이기 시작했다. 예정일이 사흘 남았는데 왜 그럴까 겁이 났다. 시어머니에게 조심스레 병원에 가야겠다고 말했다.

"빙원? 무신 놈에 빙원! 때 되면 다 나오는 겨. 난 말이시, 밭 매다가도 낳았어야."

돌아온 건 핀잔뿐이었다. 남편의 직장 전화번호도 모르는 나는 두려움에 진저리 같은 전율이 온몸으로 번졌다. 살그머니 밖으로 나가 큰동서한테 공중전화를 걸었다. 유능한 산파를 보내겠다고 답하여 불안이 다소 덜했다.

집으로 돌아오면서 시어머니와 마주치면 어쩌나 했는데 다행히 방에 계셨다. 내 방문을 열었다. 어두침침한 방안에는 냉기가 감돌아 들어가기 싫었다. 날씨조차도 우중충하고 쌀쌀했다. 아픈 배를 문지르며 마당에서 서성이며 어서 친정엄마 닮은 산파가 오기를 간절히 기도했다.

사십 분이 지나서야 오십 대 중반쯤 돼 보이는 산파가 왔다. 반가워서 눈물이 나올 것만 같았다. 그녀는 진맥하더니 시간이 걸리겠다고 말했다. 내가 바라던 무통 분만 주사나 촉진제는 없었다. 산파는 그저 옆에서 말시키는 것 외엔 별로 하는 일이 없었다. 그녀에게 의지할 수밖에 없었다.

간간이 진통 주기가 빨라지곤 했다. 두 눈을 감고 주먹에 힘을 쥐었다. 손톱이 손바닥을 파고들어 피멍이 들 뿐. 잠잠하던 태아가 울퉁불퉁 움직이자 강한 진통이 이어졌다. 아랫입술을 질끈 물고 공중을 향해 발버둥을 쳐 보았지만 허허롭기만 한 빈손. 배보다 허리가 시큰거리고 건구역질이 더 고통스러웠다. 하늘이 빙빙, 최강의 진통. 산파의 응원단장 같은 구호.

"참으시오, 힘주시오, 한 번만 더!"

네 시간이 넘어 지칠 대로 지쳤다. 눈앞이 흐려지며 눈꺼풀이 서서히 덮여져 갔다. 온몸은 땅속 깊이 파고들고. 아! 나는 죽는구나 싶었다. 가끔 소리가 들렸다.

"야야! 야야!"

우주의 소린가, 아니면 신의 소린가, 아니다. 분명 친정엄마 목소리였다. 번쩍 눈을 뜨니 산파가 찬 물수건을 얼굴에 대고 있었다. 순간 엄청난 진통이 다시 왔다. 나도 모르게 털끝 하나까지 힘을 주었다. 세상에 나온 것을 알리는 아기의 울음소리! 하늘을 날아오르는 기분이었다.

시어머니가 큰 소리로 아들이냐고 물었다. 덩달아 산파는 동구 밖까지 들릴 만큼 큰 소리로 대답했다.

"금 주고도 못 산다는 첫딸입니다."

시어머니는 마룻바닥을 치며 통곡했다. 아들이 아니라고. 나를 도와주러 온 육촌동생이 발을 동동 굴렀다. 시어머니가 산모한테 첫국밥도 못 주게 한다는 것이었다. 나는 그저 밀려오는 노곤함에 아기와 실컷 잠자고 싶을 뿐이었다.

때마침 남편이 왔다. 시어머니의 넋두리가 다시 이어졌다.

"애비야, 너는 망했다. 도둑년을 났당게. 에고, 속상혀! 에고, 에고."

남편은 말없이 방문을 살그머니 열었다. 그는 아기와 눈도 맞추지 않고 "수고했어" 말만 남기고 그 날도 그 다음 날도 오지 않았다. 버림받았다는 충격에 울어야 할지, 금보다 더 귀한 딸을 보고 웃어할지 멍해졌다.

아기는 입술을 부르르 떨며 나를 찾았다. 아주 조심스럽게 안았다. 내 심장 소리를 들었음인가. 쌕쌕 잠든 아기 모습이 너무 예뻤다. 세상에 '엄마'라는 이름으로 새로 태어난 내게 살아갈 이유가 생긴 것이었다.

나는 연탄가스를 마셨을 때도 첫 출산 때도 정신이 혼미해지는 순간마다 엄마의 소리를 들었다.

"야야! 야야!"

귓속말을 하듯, 옆구리를 슬쩍 찌르듯 잠을 깨우는 소리였다. 그때마다 정신의 끈을 잡을 수 있었다.

그렇게 나도 엄마가 되었다. 시어머니의 냉대와 남편의 무관심도 나를 넘어뜨리지 못했다. 품에 아기를 안은 나는 이전의 내가 아니었다.

탯줄에서만 엄마의 은혜를 입은 줄 알았는데 탯줄을 끊은 지금까지도 '엄마의 탯말'이 들린다. 세상에 둘도 없는 아름다운 소리는 엄마의 입에서 태어나 내 가슴에서 영원히 살고 있다. 그리고 그 말은 내 딸에게도 이어질 것이다.

겉보리 세 가마

어느 해 여름, 일요일에 둘째 올케 집에 살고 있는 어머니한테 갔다. 어머니는 가벼운 바지에 반소매를 입고 외롭게 마루에 앉아계셨다. 노량진 시장에서 산 굴비, 가자미, 고등어를 냉장고에 넣었다. 해소 때문에 늘 달고 사는 사탕과 보약처럼 여기는 우황청심환을 드렸다. 어머니는 사탕을 입에 넣으면서 한마디하셨다.

"어매, 한 가지만 사지 돈도 없음성 이럭코롬 많이 산 겨!"

말이 없으신 어머니는 그날따라 많은 이야기를 꺼냈다.

"야야! 꾸매 느그 아버지가 보이더라. 근디 겉보리 세 가마를 마루에다 턱 놓고, 이것 다아 먹고 와, 허더랑게.

제발 그러면 얼매나 조컸냐."

어머니는 너무 오래 살았다고 늘 걱정하셨다. 꿈이 소원을 이루게 해 줄 것처럼 해맑게 말씀하셨다.

"엄니가 자식 앞세울까 봐 걱정허니께 아버지가 꿈에 보였능가 부네."

"혼자 사는 며느리헌티 붙어 살랑 게 미안혀서 죽것당께."

살아선 살갑지 않았던 아버지가 꿈에 친절하게 말까지 하였다고 했다. 얘기를 하는 어머니의 눈빛은 멀리 떠난 애인을 기다리는 것 같았다.

당신은 열 자식을 위해 최선을 다하였건만, 자식들은 모시는 걸 서로 미루었다. 그것을 알고 혼자 살고 싶었지만, 자식들 체면을 생각하여 시골을 떠나온 것이었다. 게다가 큰며느리의 위암 소식을 듣고 초조해진 심정을 털어놓았다. 더욱 백팔염주를 돌리면서 '잠자듯이 죽음을 주소서' 하고 자나깨나 빈다는 말에 마음이 짠했다.

어느 날 둘째 올케의 전화를 받았다. 어머니가 물도 못 마시고 정신이 혼미하여 돌아가실 것 같다고 했다. 돌아가시기 전에 어머니를 큰아들 집으로 보내 드려야 할 것 같다고 했다. 전화를 끊고 달려갔다.

막내 동생과 큰형부가 먼저 왔다. 큰형부와 나는 막내 동생 승용차에 어머니를 모시고 전주 큰오빠 집으로 향했다. 어머니는 가는 내내 정신이 들 때면 혼자 사는 둘째 올케와 시집살이 하는 넷째 언니를 걱정하셨다. 큰오빠와 넷째 언니가 기다리는 전주 예수병원에 도착하자마자 링거를 꽂고 영양제를 놓았다. 나는 직장 때문에 돌아올 수밖에 없었다.

어머니는 탈수증이었다. 회복하자 바로 둘째 올케 집으로 다시 오셨다는 연락을 받고 찾아갔다. 그날도 빈집에서 혼자 화투장을 만지고 계셨다. 내가 들어가자 뼈와 살이 빠져 가랑잎 같은 몸으로 비척거리며 반겼다. 자리에 앉자마자 큰오빠 집에 있었던 이야기를 했다. 내 손을 잡고 속내를 꺼내며 비밀을 지켜달라고 하셨다.

"야야! 그때 머더러 병원에 데리고 갔냐, 병원에 데불고 강께 살아 버리제이."

"왜? 엄마가 평생 병원 한번 못 갓쓴 게, 언니와 오빠가 원이라도 없게 무슨 병인가 알아 보자고 강 건디."

내 말끝에 어머니는 원망하듯 말했다.

"긍게! 병원 안 데리고 갔으면 내가 죽었을 턴디. 이늘근 거시 자살허면 자식 용매기고, 그리서 밥도 약도

물도 안 머근 거시고만…."

나는 망치로 뒤통수를 얻어맞은 것 같았다. 오래 산다고 보약을 거부한 지 오래되었지만, 물조차 거부할 줄을 몰랐다.

"엄니, 죽음을 누가 마음대로 한당가. 그런 생각 다시는 하지 마셔."

나는 순리대로 살자고 달래며 다시는 그런 일이 없도록 하자고 약속했다.

어머니는 위암에 걸리면 금방 죽는 줄 알았다. 며느리를 앞세울까 봐, 당신이 먼저 죽으면 신이 며느리를 살릴 것이라 생각했다. 그러면 아들이 혼자되지 않으리라. 장남 집에서 죽기를 원했던 이유가 있었다. 재산을 많이 물려받은 큰오빠가 부모를 모시지 못했더라도 장례만큼 맡아서 치르면 떳떳하게 보이지 싶었단다. 어머니의 자식 사랑이 하늘보다 높았다.

어머니를 만나고 온 지 열흘 후, 퇴근하여 집에 도착했을 때였다.

"아기씨, 어머니께서 오늘 아침에 돌아 가셨어요."

돌아가시다니 깜짝 놀랐다. 나는 밤공기를 헤집고 달리는 전동차 안에서 계산해 보았다. 당신이 들려준 꿈이야기가 햇수로 삼 년이 되었다. 아버지가 놓고 갔다는 '겉보리 세 가마'가 어머니의 남은 수명이었다니.

"누가 나이 먹는 거를 맨드런능가. 보릿고개 시절보다 나이 멍는 거시 더 괴롭당게."

푸념하시던 말씀이 귓가에 울렸다. 83년 산다는 것이 무슨 죄라고. 때가 되면 영원히 떠나시는 것을….

도착하자 올케가 말했다. 어머니는 아침을 두세 숟가락 맛있게 드셨다. 늘 그랬듯이 자리에 쭈그리고 앉아서 화투를 펼쳤다. 올케는 설거지를 하고 몇 가지 손빨래를 하였다. 잠시 뒤 문을 열었다. 그 사이 어머니는 두려움에 떨며 외롭게 일직사자와 혈투를 벌이고 있었다. 올케는 두려웠다. 아니 무서웠다. 형제들에게 도움을 청했다. 큰형부가 제일 먼저 달려와 수습했다는 것이었다.

내가 할 수 있는 것은 아무것도 없었다. 어째서 '겉보리 세 가마'의 꿈을 허투루 들었을까. 자주 찾아뵙고 말 벗이라도 해 드릴 걸. 그때 누군가 천둥치듯 큰 소리로 울며 집안을 뒤흔들었다. 통곡의 주인공은 큰오빠였다. 뒤늦은 후회였다. 내 고향 두암산을 흔들었던 우렁찬 어머니 목소리는 사라졌다. 자식의 도움이 그리도 부담스러웠던가. 그나마 아버지가 보낸 겉보리 세 가마를 다

드시고 날개를 펴고 아버지 곁으로 가셨다. 생전에 못다
한 사랑 이루며 살아가시리라.

파랑새가 된 시어머니

　　　　　　　　　어둠이 내리자 퇴근길을 재
촉했다. 골목을 들어서는데 작은 가방을 들고 있는 초라
한 여인이 눈에 들어왔다. 시어머니였다. 가슴이 철렁했
다.

　자식이 칠남매였지만 누구도 모시고자 하지 않았다.
시어머니의 극성스런 성격과 술을 마시면 주정이 심했기
때문이었다. 그럴 때 받아주지 않으면 분노 조절이 안
되어 무엇이든 들고 휘둘렀다. 다음 날이면 몸신이 그랬
다고 변명을 했다. 시집간 딸들 집에 가서도 마찬가지였
다. 시아주버니가 돌아가시자, 큰동서가 우리에게 모시
라고 무작정 데려다 놓고 가버린 것이다.

　어머니의 짐이라곤 작은 가방 하나뿐이었다. 가방 안

에는 언젠가 생일 선물로 맞춰 드렸던 옥색 실크 한복과 지갑이 있었다. 수기 공모에 응모하여 상품으로 받은 것으로 해 드린 한복이었다. 그 옷을 보고 "시상에 이거이 남자가 만든 거시다냐. 징그럽게 좋아 분다" 하셔서, 옥색을 좋아한다는 것을 처음 알았다. 마냥 입버릇처럼 파랑새가 되어 하늘을 날았으면 좋겠다며 사계절을 즐겨 입으셨다. 마늘각시처럼 하얀 피부라 그런지 이목구비가 뚜렷하고 예뻤다.

그날 밤, 정말 몸신이 있는지 80대 노인의 눈이라고 믿을 수 없이 광채가 흐르고 얇은 입술로 쉬지 않고 욕설을 퍼부었다. 잠시 조용한가 싶더니 갑자기 시아버지를 부르며 목 놓아 울며 데려가 달라고 애원하기도 했다. 어찌나 서럽게 우는지, 나도 젖어들어 속울음을 했다. 어머니의 돌발 행동에 동네 사람들이 항의하기도 했다. 남편은 군산 큰형님 댁으로 모셔가겠다고 했지만 나는 당분간 모셔보기로 했다.

큰딸에게 할머니와 방을 같이 쓰도록 하고 수험생 막내딸은 다락방으로 올려 보냈다.

어머니를 모시니 악몽 같은 일이 되살아났다.

어머니를 모시고 살 때였다. 큰댁에서 제사를 지내고

나서 동서가 놀다 가라는 것이었다. 아침 일찍 식모를 시켜서 어머니한테 음식을 보냈으니 걱정 말라고 했다. 저녁 무렵이 되어 남편이 데리러 왔다. 내가 먼저 집으로 들어가고 남편은 회사에서 오는 것처럼 들어오라고 입을 맞췄다. 나는 냉큼 안방으로 들어가지 않고 토방에서 저녁을 드셨는지 물었다. 어머니는 큰동서하고 살지, 왜 왔느냐며 호통을 치셨다. 순간 방문을 확 제치며 마루로 달려 나와 버들채반을 내게 던져버렸다. 음식물이 내 머리 위로부터 목을 타고 젖가슴을 파고들었다. 업힌 큰딸이 자지러지게 울었다. 뒤따라 들어온 남편이 큰소리로 대들자 어머니의 화 덩어리가 폭발하고 말았다.

"너희들 나가! 자식 낳아 봤자 남 딸년만 호강시킨다니까. 내가 죽어야지!"

삽시에 부엌으로 달려간 어머니는 짚더미를 파헤치더니 새끼줄을 꺼내 목을 감기 시작했다. 어머니가 자살이라도 할 것 같았다. 무섭고 두려움에 밖으로 뛰쳐나와 얼마를 달렸을까. 이내 뒤따라온 남편과 함께 군산 시내 버스를 탔다.

다음 날 형님의 말로는 우리를 겁주려고 했단다. 내 인내심은 바닥을 치고 말았다. 이건 아무것도 아니구나.

같이 살다가 어머니한테 더 큰 불상사가 생긴다면 아들 며느리가 잘못하였다는 소리를 듣지 않을까. 결혼 5년 만에 셋째 오빠의 도움으로 도망치듯 서울로 왔다. 그런데 15년 만에 어머니를 모셔야 할 형편이 된 것이다.

우선 병이 문제였다. 신경정신과를 찾았더니 혈관성 치매 초기라 했다. 약을 복용하면서 다행히 고성은 사라졌다. 우리는 나갔다가 잃어버릴지 모른다는 노파심 때문에 외출할 때면 대문을 잠갔다. 술을 드시고 싶어 할 때, 어머니가 좋아하는 빨강 술(환타), 서양 떡(케이크)을 드렸다. 참 맛있다고 하셨다. 그러다가도 나를 보면 막내딸로 자랐는데 시집 와서 고생한다고 했다. 당신은 못 배우고 청상과부로 없는 집에서 시집살이까지 했다며, 삶이 억울하여 며느리한테 한풀이하여 미안하다는 말만 되풀이 하셨다. 처음에는 그냥 하는 소리로 들었다. 마음을 열고 자주 들으니 꽁꽁 얼어붙었던 내 심장은 차차 촛농처럼 녹아내렸다.

어머니는 밤낮없이 자식들 이름을 불렀다. 보고 싶은 마음을 알기에 연락했지만 모시라고 할까 봐 아무도 오지 않았다. 몸신이 저질렀다며 살기등등하던 어머니의 힘은 어디 가고 초점 없는 눈이 호롱불처럼 가물거리며 꿈자리 얘기를 자주 하셨다.

"야야, 네 시아버지가 자주 꿈에 보이니 나 갈란다. 군산에 상조계 들어놓았어."

여전히 가난한 자식이 안쓰러운 모양이었다. 그런 어머니 손을 잡고 끝까지 모시겠다고 약속했다. 그때마다 내심 편안한 표정으로 또 미안하다 하셨다.

그렇게 모신 지 3년, 하루 종일 주무시기를 삼 일째. 불길한 예감에 아침부터 막내딸과 옥색 한복을 입혀드렸다. 두둑했던 어머니 앙가슴의 화 덩어리가 사라졌다. 이제야 모든 것을 내려놓은 듯싶어 마음이 놓았다. 하얀 단발머리를 매만지고 핏기 없는 얼굴과 손을 닦아 드렸다. 옥색으로 감싼 육체가 평화롭고 순박해 보였다. 죽음 앞에선 분노도 원망도 모두 녹아버리는 것일까?

청아한 목탁 소리를 타고 한 마리 파랑새가 하늘로 날아오르고 있었다.

아픈 새끼손가락

내가 퇴직할 무렵, 큰딸은 회사에, 며느리는 은행에 다녔다. 둘은 아기를 낳으면 내가 봐 주기를 바랐다. 사위와 아들도 원하는 눈치였다. 나는 세 가지 이유를 대면서 거절하였다.

첫째는 사위와 아들이 가족을 부양할 능력이 있다는 것. 둘째는 아기와의 추억도 남기고 엄마 역할이 더 중요하다는 것. 셋째는 지혜롭게 절약하면 초가집에 살아도 행복하고 나물국도 맛있다는 속담을 말하면서 막내딸 어린 시절을 꺼냈다.

막내가 두 살 때 남편은 잘 다니던 회사에 사직서를 내고 말았다. 가게를 해 보았지만 잘되지 않아서 그만두었다. 남편은 취업이 쉽지 않자 답답했던지 아들을 데리고 시골로 내려갔다. 나는 구걸을 할망정 시골에 가서 살기는 싫어서 두 딸을 데리고 서울에 남았다. 어려운 현실에 먹고 살려면 내가 나설 수밖에 없었다.

아이가 네 살 때였다. 회사에 가야 하는데 초등학교 1학년 큰딸이 오려면 한참을 더 있어야 했다. 그동안 혼자 놀았으면 싶었다. 과자와 장난감, 종이인형을 사주면서 "언니 올 때까지 혼자 놀고 있을 수 있어?" 하고 물었다. 막내는 혼자 놀겠다며 인사도 하고 노래도 불러줬다. 나는 노파심에 아이가 나갔다가 길을 잃을까 봐 밖에서 자물쇠를 잠그고 출근하였다. 한 시간이 지나 주인아주머니가 헐떡거리며 찾아왔다.

"에미나이야! 날레 가보라우. 오마니, 오마니 하며 어더렇게 울더래이요."

아이는 내가 출근하고 얼마 지나지 않아 울기 시작했다고 했다. 아주머니가 창문에 대고 말을 시키면 잘 놀다가도 소리가 들리지 않으면 다시 울었다고 했다. 아주머니는 아기 키우는 게 중요하지 그깟 돈이 중요하냐며 나무랐다.

나는 한달음에 집으로 갔다. 아이는 얼마나 울었는지 목이 쉬어서 쉿소리가 났다. 억장이 무너지고 안쓰러워 한참이나 껴안아 주었다. 그날 천장에서 쥐들이 난동을 부리는 바람에 놀란 것이었다.

그 후부터 트라우마로 남았는지 아이는 혼자 있기를 거부했다. 다른 집으로 이사하였지만 마찬가지였다. 아이가 추운 겨울에도 밖에서 식구들을 기다린다는 말을 전해 듣자 나는 회사를 그만 둘 수밖에 없었다. 그 소식을 들은 사장이 아이를 데리고 출근하라고 배려해 주었다.

아이가 여섯 살 때였다. 그날도 회사에 데리고 갔다. 아이는 궁금한 것, 먹고 싶은 것도 많고, 엄마한테 어리광도 부리고 싶었을 것이다. 하지만 사택에서 그림을 오려 인형놀이를 하면서 참는 법을 배워야 했다. 나는 일하다가 아이가 궁금하면 화장실에 가는 것처럼 나가서 보고 오곤 했다. 그런데 그날은 사무실에도 기숙사에도 없었다. 놀란 가슴으로 찾다가 식당 방으로 달려갔다. 아이가 문턱에 쓰러져 불덩이가 된 채 의식을 잃고 있었다. 당장 들쳐 업고 병원으로 달렸는데 다행히 수두라 하였다. 방이 뜨거워 삽시에 열꽃이 피었다고 하는 의사의 말에 속상하고 아이에게 미안했다.

나는 일하느라 제대로 돌보지 못했는데도 아이들은 잘

자랐다. 열심히 살아온 덕에 형편이 좋아졌을 때는 이미 아이가 고등학교 졸업 무렵이었다. 어려서부터 미술학원에 가지 않았어도 상도 타고 예능에 소질이 있었다. 그땐 돈이 없어서 가르치지 못한 것이 두고두고 마음에 걸렸다. 하는 수 없이 인문계대학을 보냈지만 적성이 맞지 않았던지 포기하고 말았다.

어느 날 아이는 탤런트 공채 시험 합격통지서를 내놓았다. 까만 눈에 이목구비가 뚜렷한 막내가 연예인 닮았다는 소리를 많이 들었지만 말없이 그런 곳을 찾아 갈 줄은 몰랐다. 내심 당황하고 걱정스러웠지만 예민한 성격이라 무조건 반대만 할 수 없었다. 곰곰이 생각하다 대학에 보내는 셈치고 허락해 주었다.

며칠 안 되어 막내가 영화 촬영이 있다고 했다. 남편은 매니저 역할을 하겠다고 신바람이 났고, 아이는 꿈에 부풀었다. 대통령 딸 역할로 가족과 밥 먹는 모습으로 한껏 출연했다. 그 후 출연료를 받으러 갔다 오더니 그만둔다는 것이었다. 이유는 출연료 8만원에서 이것저것 떼고 2만원이 남았는데, 그것마저 연예계 잡지를 사라고 강요하는 바람에 화가 났다는 것이었다. 그것 하나 때문에 서너 달 넘게 허비한 생각에 너무 억울해 했다. 차비가 없어서 못 팔아준다고 하고 받아왔다고 했다. 그러곤 미련 없이 연예계에서 발을 빼 버렸다. 나는 속으로 쾌재를 불렀다.

나는 아이의 잡념을 없애기 위해 잘 아는 애니메이션 작가한테 부탁하여 기초부터 배우게 했다. 적성에 맞는지 곧잘 다녔다. 예쁘게 자란 아이를 보고 주위에서 서로 며느리 삼고 싶어 했지만 도통 결혼할 생각을 하지 않았다. 개성이 뚜렷한 아이는 오히려 독립하겠다는 것이었다. 나는 걱정도 되고 삼십 안에 시집을 보내야겠다는 생각에 답답하여 점쟁이를 찾아갔다.

"시집은 늦게 갈 팔자여. 아버지하고도 합이 안 맞아, 내보내."

점쟁이는 제 밥그릇은 챙긴다면서 오히려 딴살림을 해야 집안이 편안하고 신랑감도 만난다고 했다. 믿어서가 아니라 따로 사는 것도 좋겠다는 생각이 들었다. 아이 앞으로 한두 푼씩 모은 돈으로 작은 아파트에서 살게 했다.

자유를 주었으니 남자를 쉽게 사귈 줄 알았는데 지금까지 아무 소식이 없다. 소개팅도 거절하니 걱정스러웠다. 연애도 어렵고 결혼은 더 어렵다지만 혼자 사는 것도 어렵잖은가. 한편으론 홀로서기로 당당하게 살아가는 아이가 대견하다. 내가 해줄 수 있는 건 아이의 선택을 존중해주는 것밖에 없다.

　힘들게 아이들을 키웠던 이야기를 들은 큰딸과 며느리가 내 마음을 이해했는지 전업주부로 아이들을 잘 돌보고 있어서 참으로 고마울 따름이다. 손녀들이 엄마에게 배우니 밤늦게까지 학원에 다닐 일이 없다. 건강하고 밝게 자라는 손녀들을 보는 것만으로도 흐뭇하다.

　'모든 교육은 엄마의 무릎으로부터 시작된다'는 말이 있다. 아이가 자랄 때는 엄마가 곁에 있어야 한다는 것을 막내딸을 통해서 알게 되었다. 이제는 오랫동안 마음에 두었던 아픈 새끼손가락을 내려놓을 때가 된 것 같다. 그럼 아이의 마음도 편하지 않을까.

나도 을이 될 수 있다

우리 아파트 동에서는 모두
반장 맡기를 싫어해서 6개월씩 돌아가며 하기로 했다.
내가 임기를 마칠 때, 경비아저씨들이 젊은 반장보다 내
가 반장을 할 때가 어려움을 말하기 편했다며 더 해 달라
고 사정하여 4년이나 계속했다. 그런데 경비아저씨가 재
활용 몇 개 팔다가 한 주민한테 들키고 말았다. 주민의
전화를 받은 관리소장은 용역회사로 연락하여 그 경비원
을 해고했다.

경비원 경쟁률이 20대 1이라더니 곧 두 분이 오셨다.
두 분은 머리카락을 까맣게 염색해서 그런지 칠십 대로
보이지 않았다. 박 씨 아저씨는 퇴직 후 어린이집 차량
운행을 하다 오셨다. 흰 피부에 이목구비가 뚜렷하고 주

민들의 차번호를 다 외울 정도로 기억력이 좋고 스마일형이었다. 반면 제약회사를 다녔다는 이 씨 아저씨는 큰 키에 뚱뚱하고 얼굴은 네모지며 긴 편이었다. 두터운 입술만큼이나 무뚝뚝하고 행동도 느렸지만 듬직했다. 팀원으로써 닮은 것이라곤 충청도 태생이라는 것뿐이었다.

경비원은 감색 복장을 하고 모자를 쓰는 순간부터 택배 보관, 주차 관리와 정문에서 네 시간씩 외부 차량 단속을 하고 비상계단을 수시로 순찰하는 것이 일상이었다. 새벽 2시가 넘어서 이 씨 아저씨는 바닥에 헌 카펫을 깔고 개잠자듯 했고, 박 씨 아저씨는 주민이 버린 가죽소파에 앉아서 고개를 끄덕거리며 닭 잠자듯 하였다. 그 모습을 보고 마음이 짠했다. 교대 시간은 새벽 5시. 그래도 일할 수 있어 행복하다고 했다.

그해 겨울. 나는 전동차 안에서 관리소장으로부터 전화를 받았다. 1303호 아주머니와 주민 네댓 명이 소장을 찾아왔다는 것이었다. 이유는 이 씨 아저씨가 청소를 잘하지 않고 차도 밀어주지 않으며, 인사는커녕 무뚝뚝하다는 것 때문이었다. 그녀는 옛날에 동 대표까지 했다면서 건의했다. 소장은 불편함이 없도록 조치를 취하겠다고 말했다. 그녀는 노란 서류봉투를 보이며, 주민들 동의

서라면서 해고해 줄 것을 강요했다. 소장은 동의서를 달라고 했지만, 주지 않고 돌아갔다면서 내게 알고 있느냐고 물었다. 나는 금시초문이었다.

나는 주차장에서 차를 정리하는 이 씨 아저씨에게 갔다. 1303호는 골프용품 사업을 한다 했다. 필요한 자재는 매번 하인처럼 차에 곱게 모셔다 주고 두 대나 되는 자가용을 수시로 밀어주었단다. 그런데 왜 자신을 미워하는지 모르겠다며 오히려 소장님을 찾아간 것을 섭섭해하였다. 아저씨의 의견을 물었다. 구겨진 자존감보다 쫓겨났다는 소문이 두렵다는 아저씨. 말주변이 없는 나는 한참동안 머릿속을 정리했다.

1303호로 갔다. 오십 대 초반으로 보이는 그녀는 단발머리에 네모진 얼굴형이었다. 거무스름한 피부, 까만 눈동자가 귀엽고 총기 있어 보였다. 또렷한 말솜씨를 한참이나 들었다. 나는 틈새를 보고 말을 건넸다.

"아저씨가 잘하겠답니다. 다른 사람이 와도, 다 거기서 거기예요."

나는 달래듯이 조심스레 말했다.

"그러니까 반장님, 그런 사람 쫓아내고 새로 바꾸자니까요. 처음부터 길들여야죠."

그녀는 삼각눈썹을 치켜들며 내 얼굴로 강하게 디밀었다. 좀 전의 모습이 아니었다. 막다른 골목으로 쥐를 몰 듯 소장에게 했던 그대로 내게도 강요를 해댔다. 일순 무시하는 것 같았다. 나도 표정과 목소리가 달라질 수밖에.

"동 대표까지 혔으니 잘 알건네. 반장도 두 달 허고 마는 사람도 있던디, 나 말이여 사 년허고 두 달이나 혔거든! 나헌티는 왜 말 안 혔소."

목울대가 움직이도록 마른침을 삼키며 따졌다. 그녀는 눈을 껌벅이며 주춤했다.

"아니, 그게 아니고 반장님…."

"당신이 동 대표요, 반장이요? 일 없은께. 아저씨 쫓아내자고 서명한 거나 주시오. 나가 반상회를 거칠 것이구만."

여세를 몰아 서명한 서류를 달라는 말에 그녀는 어찌할 바를 몰랐다. 알고 보니 서명을 받지도 않은 것이었다.

다음 날 1303호가 찾아왔다. 자신의 생각이 짧았다면서 반상회를 하지 말아달라고 부탁했다. 우리는 없었던 것으로 마음을 풀었다.

다음 반장한테 인계한 지 한 달쯤 지났을 때 이 씨 아저씨가 내게 말했다. 반장이 분리수고비를 안 준다는 것이었다. 나는 큰돈이든 적은 돈이든 정당하게 요구하라고 일러주었다.

사마천의 말이 생각났다. '상대가 10배 부자이면 을은 험담하며 끌어 내리려고 하고, 상대가 100배로 부자이면 을은 두려워하고, 상대가 1,000배로 부자이면 심부름을 기꺼이 하고, 상대가 10,000배로 부자이면 종이 된다' 했다.

그러나 을의 생각이 바뀌고 당당해지려고 해도 '을' 개인의 힘만으로는 어려운 현실이다. 땅콩 사건이나 백화점 사건을 보면 을에 대한 제도적으로 뒷받침은 필요하다. 하지만 영원한 갑은 없다는 것, 스스로 나도 을이 될 수 있다는 것을 깨달아야 한다. '갑과 을'이라는 관계는 쉽게 사라지지 않을 것이니 그저 답답할 뿐이다.

내 가슴속 둥근달

2013년 초가을이었다. 친구를 만나 이른 저녁을 먹고, 그녀가 시를 공부한다는 강의실에 따라 들어갔다. 키가 작고 일흔 살 초반으로 보이는 선생님은 "시를 공부했느냐"고 내게 물었다. 나는 처음이라고 말했다. 수업은 두 시간으로 끝이 아니었다. 제법 넓은 문화회관 쉼터에 모두 모였다. 각자 쓴 시를 낭송하는 동안 둥근 달이 환하게 얼굴을 디밀었다.

서울 생활 41년이지만, 어찌 살다 보니 달을 본 기억이 까마득했다. 오랜 친구처럼 반가웠다. 밤하늘을 이고 있는 등나무 잎 사이로 달빛이 쏟아졌다. 선생님은 나더러 시를 읊어 보라고 하셨다. 순간 당황했다. 학교에서 배운 시라도 하라는 것이었다.

중학교 때 서정희 선생님이 생각났다. 국어책에 나오는 시나 시조를 무조건 외우게 했다. 그리고 암기력 테스트까지 받았다. 그땐 김소월의 시가 유행했다. 우리들은 남학생 여학생 할 것 없이 편지 쓸 때 시를 삽입했다. 내 짝은 언니 이름으로 국군장병에게 위문편지를 썼다가 휴가 때 군인이 찾아와 부모님한테 종아리를 맞기도 했다. 그 무렵 학교 선후배끼리 자매를 맺었다. 이름하여 '엑스 언니, 엑스 동생'이 유행했다. 나도 엑스 언니가 있었다. 그 언니는 편지에 주로 시를 썼다. 나도 예쁘게 보이고 싶어서 서점에서 몰래 시를 적어오곤 했다.

수강생들은 노래라도 해서 신고식을 하라고 했다. 나는 윤선도의 〈오우가〉에서 '달'을 택했다. 선인들의 혼에 소리를 빌리듯 시조창으로 불렀다.

"작은 것이 높이 떠서 만물을 다 비추니…."

모두들 손뼉 치며 즐거워했다. 일상에서 반복되는 갈등과 스트레스가 사라졌다.

그들과 헤어지고 전철을 탔다. 고향집이 생각났다. 우리 집은 소달구지가 드나드는 큰 대문 옆으로 탱자나무로 울타리를 하여 병풍처럼 초가집과 아래채까지 감싸안았다. 별바다 속에서 둥근 달이 뜰 때면 남포등은 휴가를 갔다. 마당에선 쑥대로 모깃불을 지피고 나는 몽실몽실 오르는 연기 속으로 들어가 날갯짓을 했다. 달을 불빛 삼아 멍석에 앉아 있는 올케는 옥수수로 하모니카를 불고, 언니들은 참새마냥 삶은 통수수를 쪼았다. 어머니는 마을 사람들과 감자를 먹으며, 옛이야기를 깨 볶듯 고소하게 풍겼다. 반딧불이도 덩달아 별똥별 흉내를 냈다.

유년기엔 둥근 달만 보면 마음이 달떠서 잠이 오지 않았다. 친구들과 각시풀을 뜯어다가 가늘고 작은 막대기에 묶고 댕기머리를 땋아 빨간 실로 묶었다. 풀각시와 신랑을 만들고 치마저고리를 입혀 인형놀이를 했다. 북미 인디언들은 지금도 우리와 비슷한 풀댕기를 만들어 '대지의 어머니'라며 귀하게 여긴다고 들었다. 하지만 어머니는 풀각시를 보면 밤에 귀신으로 나타난다고 놀이를 못하게 하셨다. 심심하여 강피 풀잎대로 피리를 불면 어머니한테 뱀 나온다며 또 혼났다.

어머니가 좋아하는 것은 허수아씨 공연이었다. 신명나는 허수아씨 공연엔 무대 조명으로 둥근달이 안성맞춤이었다. 먼저 바가지에 먹물로 얼굴을 그렸다. 나와 영숙이는 명절 때나 입는 빨간 한복치마를 입고, 긴 장대에 색동저고리를 입혔다. 두 손으로 바가지와 장대를 잡고 위로 치켜들었다. 우리들은 어르신들이 좋아하는 '진도 아리랑'을 부르면서 원을 돌며 춤을 췄다. 그때서야 허수 아씨들이 덩싯거렸다. 춤판에서 숙이 엄마의 막춤은 흥과 멋을 더 한층 고조시켰다. 고단한 삶 때문이었을까. 그제야 어머니의 미소를 볼 수 있었다.

청소년기엔 둥근 달을 애인처럼 좋아했다. 어머니 때문일까. 어머니는 평생을 보름날이면 목욕재계하고, 장독에 팥시루떡을 해 놓았다. 시루떡 위에 촛불을 꽂고, 정화수를 준비했다. 시집간 딸들이며 도시로 떠난 자식들의 건강을 빌었다. 그뿐인가. 둘째 올케언니는 태기가 없어 애면글면 가슴이 새까맣게 탔다. 어머니는 쌀가루 반죽으로 사내아이를 만들어 손자를 점지해 달라고 시루떡과 함께 찌셨다. 삼신할미한테 기도를 마친 다음, 올케에게 먼저 먹이곤 하셨다. 정성이 통했을까. 5년 만에 건강하고 예쁜 손녀딸을 낳았다.

그날 밤, 나는 집에 들어가기 싫었다. 여유를 더 즐기고 싶었다. 우리 아파트 단지 안에는 소나무 쉰여섯 그루가 동산을 이루었다. 긴 의자에 앉아서 하늘을 보니 달은 초연한 자세로 흔들림이 없었다. 내 가슴속의 달을 보았다. 어머니는 강산을 여섯 번 보내며 민요를 즐겨 부르셨다. 나도 어느덧 그 나이가 되었다. 어머니처럼 창으로 한목소리하고 싶었다. '이 백'의 「월하독작」 가사를 조금 바꾸어 곡을 붙였다. 이내 입술을 타고 절로 노래가 되어 나왔다.

　꽃 사이 술 한 병 홀로 마신다.
　잔을 들어 달을 청하니 그림자 셋이 되었네.
　달님은 술 마실 줄 모르고 그림자는 나만 따라 흉내만 내는구나.
　달님이랑 그림자랑 함께 즐기자. 이 밤이 가기 전에….

　여태껏 왜 못 느꼈을까. 소박한 삶이 아름답고 행복하다는 것을…. 나는 한 번 부르고, 또 한 번 불렀다.

3

나는 한량무를 춘다

복순 형님의 선물

　　　　　　　　문화회관에 고전무용을 배우러 갔다. 관절이 아프거나 바른 자세를 위해서 춤을 배우는 사람도 있었고, 취미삼아 친구 따라 오는 사람도 있었다. 하지만 춤으로 우울증을 치료하러 온 사람은 나뿐이었다.

　넓은 교실은 전면이 온통 거울로 이루어졌다. 이십여 명이 배로 늘어나 보였다. 회원들은 쉬폰 저고리에 도비 풀치마, 반반 풀치마를 색색으로 입고 나비처럼 하늘거렸다. 몇몇 사람과 강사는 금박무늬 한복을 갖추어 입었다. 무용시간이 끝나고 강사가 내게 옷과 슈즈를 사려면 자기에게 말하라고 했다.

　첫날이기도 했지만 주름치마에 티셔츠를 입은 사람은

나밖에 없었다. 돌아오는 버스 안에서 고민하다가 연습복이니 묵은 한복으로 신라 여인 복장을 만들어야겠다고 생각했다.

나는 블라우스를 분리하여 소매와 뒤판, 앞판 두 장을 긴 달력에 펴놓고 본을 만들었다. 그리고 갑사 천에 본을 대고 시접을 남기고 재단을 하여 재봉틀로 박았다. 완성해서 입어 보니 폭이 좁고 어깨가 뒤틀려서 실패하고 말았다.

다시 도전. 신문지를 바닥에 놓고 한복 저고리를 분리하여 바늘로 쿡쿡 찔렀다. 신문지 바늘 자국을 따라 가위로 오려 본을 만들었다. 보라색 양단에 본을 올려 시접을 남기고 뒤판과 소매를 재단했다. 앞판이 문제였다. 앞판을 놓고 난 다음 신라 여인 저고리 그림을 보며 그렸다. 앞판에 붙일 깃을 별도로 길게 재단했다. 재봉틀을 돌려 저고리 하나를 만드는데 하루가 걸렸다. 한복 저고리는 평면적인 재단이지만, 입었을 때 입체감과 곡선이 살아난다는 걸 그때 처음 알았다.

열일곱 살 때 한복을 배우라고 등 떠밀던 어머니 생각이 났다. 기생 옷 전문으로 소문난 한복집 사장에게 나를 보냈다. 언니들은 어머니에게 배웠지만 막내는 특별대

우를 해준 것이다. 나는 왜 여자가 하는 일만 시키는지, 억지로 바느질을 하려니 짜증이 났다. 사장에게 말했다. 어머니께 내가 자주 아프고 힘이 드는지 코피를 쏟아서 못 가르치겠다고 말해 달라고 부탁했다. 사장은 그래도 이왕 왔으니 일주일 동안 치마라도 만들어 보고 가라고 달랬다. 평소에 코피가 잘 터져서인지 그 약발이 어머니에게 통하였다. 그때 배운 덕에 치마 만들기는 식은 죽 먹기였다. 어머니 말을 잘 들었더라면 저고리도 멋지게 만들었을 텐데….

그런데 늘 신라복만 입을 순 없지 않은가. 동료의 반반 풀치마를 빌렸다. 흐느적거리는 황금색 지지미에다 360도 치마를 올려놓고, 초크로 표시하고 재단하여 꿰맸다. 밑단 쪽이 물결 모양으로 들쑥날쑥 이상한 캉캉치마 같았다. 그 치마가 동료들한테는 새로운 패션으로 보였는지 만들어 달라는 사람도 있었다.

나는 수강생 중에 키가 작은 70대 김복순 씨를 형님이라 불렀다. 형님의 춤은 농익어 강사의 춤사위보다 멋스럽고 아름다웠다. 눈이 왕방울처럼 커서 귀여운 인상인데 연예인처럼 화장을 하고 양장 옷으로 매일 바꿔 입고 나왔다. 예쁘다고 인사를 했더니, 그녀는 젊어서 의상실을 직접 운영하면서 만들어 입은 옷이라고 했다.

형님은 북에서 중학교를 졸업하고 6·25때 혈혈단신으로 남하했다. 낯설고 어렵던 시절, 다행히 북에서 남하한 중학교 때 담임선생을 만나 도움을 많이 받았다고 했다. 낮에는 바느질해서 돈을 벌고 밤에는 야간 고등학교에 다녔다. 북에서 중학교 때 고전무용을 배웠다더니 향수를 달래려고 오는 것 같았다.

형님은 성격이 급하고 직선적이었다. 바른 말 때문에 사람들의 심기를 건드려 분위기를 흐리기도 했다. 어떤 때는 동료들에게 '너는 공연에 서고, 너는 춤사위가 서투르니 서지 마라'고 강사나 반장이 해야 할 말을 나서서 충고했다. 서투른 춤사위로 센터에 자리 잡는다는 둥, 휴식 시간에 연습은 안 하고 무게 없이 유행가나 부른다고 지적하기도 했다. 알고 보면 나쁜 말은 아니지만 듣기에 따라 기분이 상한 사람들은 반장에게 하소연하는 것이었다. 강사는 모르는 척했다. 나는 말주변이 없고 사람을 쉽게 사귀는 성격이 못 되어 그녀와 거리감이 있었다. 투덜거리는 반장에게 너그럽게 받아주라는 말만 할 뿐이었다.

형님하고 반장이 강사 자격증을 받는 날이었다. 나를

잘 따르는 반장에게 선물할 장미꽃다발을 고르는데 형님이 눈에 아른거렸다. 부모형제를 북에 두고 왔으니 얼마나 외로울까 하는 생각이 들었다. 입바른 성격 때문에 외톨이나 다름없어 측은한 마음에 한 다발을 더 샀다. 아니나 다를까, 반장은 꽃다발을 여러 개 받았는데 형님은 내가 드린 꽃다발 하나뿐이었다. 그래도 기죽지 않고 꽃다발을 안고 얼굴 한가득 웃으며, 사진 찍는 모습이 우는 것 같기도 하고 웃는 것 같기도 해서 마음이 짠했다. 그때부터 우리는 친하게 지내게 되었다.

그 후 나는 방배동으로 옮겼다. 형님은 내가 강사 자격증을 받았다는 것을 어떻게 알았는지 무용복 재단사를 보냈다. 나는 재단사에게 맞추지 않겠다고 손사래를 쳤지만 이미 선불을 받았다고 했다. 전화를 걸었다.

"형님, 무용복 재단사가 왔는데, 잘못 보내신 거 맞죠?"

걸걸한 목소리가 들려왔다.

"어, 아우. 내래 남하해서 받은 꽃다발은 아우가 준 게 처음이야요. 그때 너무 고마워서리 옷을 해주고 싶으니 좋은 것으루다 맞추라우, 알간네."

처음엔 한복을 재활용해서 입고 다니는 내가 궁색해

보였나 생각했다. 형님의 마음을 알고 난 후 나는 저렴한 가격으로 노란색 쉬폰 치마저고리를 맞추었다.

형님은 강한 척 하지만 마음이 여리고 정이 많은 사람이었다. 나에게 선물한 것은 무용복만이 아니었다. 소극적인 내게 내민 따뜻한 손이었고, 늦게 시작한 나를 응원하는 마음이었다. 그 후로 우리는 색다른 안무도 교류하며 잘 지냈다.

형님이 선물한 노란 치마저고리를 입었더니 새봄을 알리는 개나리꽃이 핀 것 같았다. 내 인생에 또 다른 봄이 연속되리라는 예감이 아지랑이처럼 피어올랐다.

나는 한량무를 춘다

초등학교 3학년 때 처음 운동회에 참가하게 되었다. 전교생에게 춤을 가르쳐 준 분은 남자 선생님이었다. 늘씬한 키에 검은 얼굴, 걸걸한 목소리. 유연한 손과 발, 어깨놀림이 마치 날개를 펴고 날아 오르는 한 마리 새 같았다. 그때만 해도 남자가 춤을 추는 것은 드문 일이어서 그 모습이 지금도 눈에 선하다.

나는 오십 대 후반에 고전무용을 배우기 시작했다. 어릴 적 선생의 춤사위에 매료되었던 사실이 깊은 무의식 속에 잠재돼 있었을까. 어떤 계획도 없이 춤의 매력에 빠져버렸다.

춤의 종류는 다양하다. 춤이라고 해서 내 마음에 드는

것만 배울 수 없었다. 우선 자격증 반에서 1단계, 2단계, 3단계별로 교육을 받고 실기시험을 거쳐서 강사 자격증을 받았다. 내가 원하는 것을 골라 배울 때였다. 원장이 무용가 최승희 선생의 제자한테 사사 받았다는 조선족 강사를 소개하였다.

최승희 선생은 내가 사랑하고 존경하여 닮고 싶은 무용가가 아닌가. 견딜 수 없이 심장이 쿵쾅거려 기회를 놓칠세라 당장 신청하였다. 군무, 장고, 물동이, 양산도…. 모두 치고 빠지는 절도가 멋스러웠다. 내 안에 음감이 있는지 음악을 두 번만 들으면 기억이 났다. 그런데 동작이 문제였다. 말이 3개월이지, 토요일에 2시간씩 해서 안무를 제대로 배우기란 시간이 너무 짧았다. 하는 수 없이 비디오와 CD를 부탁했지만 사무실에서는 차일피일 미루었다. 친절한 조선족 강사가 나의 심정을 알고 몰래 비디오테이프 하나를 복사해서 주려는데, 마침 강사 이 씨가 들어왔다.

"선생님! 이건 아니지요, 로마에서는 로마법을 따라야 한다는 거 모르세요?"

쌀쌀맞게 말하며 조선족 강사에게서 테이프를 낚아채는 바람에 나도 조선족 강사도 놀랐다. 나야 괜찮지만 곤혹스러워하는 그분한테 너무도 미안했다. 배려심이 없는 강사 이 씨에게도 섭섭하고 조선족 강사 보기가 창피했다. 그의 강의를 끝으로 마무리 짓고 더 배울 것을 포기하고 말았다.

나는 동사무소와 복지관, 문화회관을 돌아다니며 강사활동을 시작했다. 봄가을이면 무료공연을 해 주다 보니 틈틈이 유료 공연 섭외가 들어왔다. 결혼식 축하 공연, 칠순이나 팔순 잔치에 공연을 원하는 사람도 있었다.

춤에도 역사가 있고 삶의 철학이 있다는 것을 알았다. 그동안 공연하면서 인상 깊었던 추억이 떠올랐다. 「황진이」의 춤사위는 음악 흐름에 따라 접이부채에다 붓을 들고 굵은 빗살 터치 기법으로 난을 치고, 서경덕을 그리워하는 마음을 담아 시 한수 쓰는 애절한 장면이 있다. 어쩌면 황진이는 재주가 있어도 숨죽여 사는 양반 집 여인네보다 자유스럽지 않았을까. 기생이라는 신분으로도 굽히지 않고 도도하면서 고고한 교양을 품은 여인을 표현하며, 가락에 맞춰 춤출 때 나조차 빙의가 되고 말았다. 공연하고 나면 여자라는 제약과 열등감에서 후련하게 벗어날 수 있었다.

'한영숙「살풀이」공연 때였다. 낭자머리에 옥비녀와

소복을 준비했다. 명주로 된 긴 수건이 소도구의 전부다. 일반 한복을 입어도 되지만 아무래도 흰색이 내면의 세계를 표현하는데 무게 있어 보인다. 살풀이의 포인트는 손과 어깨춤으로 땅에 수건을 놓고 영혼을 달래듯 어깨의 흐느낌이 손가락 마디마디에 떨어지도록 해야 한다. 그러기 위해서 나는 한恨많은 엄마를 연상하며 맹연습하였다.

공연하는 날, 무대에 장구소리가 울리자 피리가 뒤를 이었다. 나는 한 발, 두 발, 세 발 디뎌 굽히고 일어서면서 수건 든 손을 들어올렸다. 애절한 거문고에 따라 몰입되어 수건과 대화하듯 어루만지며, 대금과 가야금 가락이 한데 어우러져 구슬프게 바닥을 적시는 동안 수건을 살포시 놓았다. 한을 토해내듯 '어! 어! 으으으!' 구음이 엄마의 목소리처럼 나를 부르는 것 같았다.

나는 접신된 양 무릎을 꿇고 엎드려 엄마를 만난 듯 다소곳이 수건을 쓰다듬으며 안고 풀며 반겼다. 쓰라린 이별곡에, 내 볼에 주르르 미끄러지는 눈물, 수건을 부여잡으며 어깨가 출렁거리고 말았다. 아쉬움을 달래고 떠나보내는 자진모리로 마무리하였다.

허공을 사르며 슬픔이 사라지는 춤들. 춤에서조차 여

성에게는 원망, 소원, 기다림, 설움을 토해내야 했다. 나는 그런 것이 싫었다. 그런 춤을 추고나면 오히려 세상이 더 허무하고 외로웠다. 춤으로나마 활달하고 자유스러운 남성 춤을 추고 싶었다.

어느 날 공연 요청이 들어왔다. S호텔 귀빈실에서 하는 부모님 팔순잔치. 시간이 되자 식탁에 둘러앉아 많은 사람들이 웅성거렸다. 본 행사로 들어가기 전에 손님들에게 무용수들이 궁중무용 중에 '화관무'를 선보이고 있었다.

나는 남자 춤이면 다 좋아하지만, 그 중에 독무로 「한량무」를 하게 되었다. 화장을 짙게 하고 발그레하게 연지를 발랐다. 진한 반달눈썹에 긴 속눈썹을 붙였다. 분장의 묘미는 순간일망정 나이보다 십 년은 더 젊게 반전시켜 준다는 점이 즐거움 중 하나다.

내가 좋아하는 무용복은 하얀색 실크 바지저고리와 도포를 입고 그 위에 청남색 쾌자를 입고 청옥 수술이 달린 술띠를 허리에 맨다. 마지막으로 긴 머리카락으로 상투를 만들고 갓을 쓴다. 매번 갓을 쓸 때 대갓집 도령이 된 기분이 든다. 남자의 춤이어서인지 춤사위가 크다. 그래서 덩달아 신바람이 난다.

징과 피리, 장구, 꽹과리가 울리고, 나는 무대 저편에서 두 손으로 합죽선을 쥔 채 돌아섰다. 의젓하게 걸으며 춤을 추기 시작했다. 파주 논둑에서 놀고 있던 학춤을 생각하며, 두루마기 자락을 접었다 폈다 날갯짓으로 나긋하게 나는 듯이 추었다. 학인 듯 부채를 펼치며 도포를 날개삼아 유혹하고 펴고 오므리는 동작을 되짚었다. 소원하던 사랑이 이루어져 하늘로 날아가듯 무대를 내달리자 꽹과리는 자진모리장단으로 두들겼다. 부채를 위를 향하여 들고 발 빠르게 무대를 돌고 관중들이 기립박수를 보낼 때 무언가 이루었다는 희열을 느꼈다.

춤이 막바지에 무르익을 때였다. 베이지색 바바리 차림에 밤색 중절모를 쓴 남자가 방청석 귀퉁이로 돌아서 무대 가까이에 왔다. 아마도 무대로 올라와 춤을 추겠다는 것은 아닌지…. 나는 모처럼 남자하고 신명나게 한바탕 놀아야겠다고 마음먹었다. 사회자와 옥신각신하더니 한 젊은이가 와서 테이블 쪽으로 모셨다. 공연이 마무리되어 무대에서 내려왔다. 키가 작은 나를 보고 할아버지는 꼬마로 착각하여 용돈을 주려고 올라오려 했다는 것이었다. 미소 띤 할아버지의 얼굴은 곱게 주름이 늘어져 세월의 흔적을 말해주고, 따사로운 눈동자는 해맑았다.

아마도 나를 통해서 아름다웠던 어린 시절을 재삼 느끼고 싶었는지 모르겠다.

여자와 남자의 춤사위는 다르다. 나는 키나 생김새 때문에 공연 때마다 여성 역을 맡았다. 삶이야 어쩔 수 없지만 춤까지 여자여야 하는가. 남자만의 아름답고 호방한 매력에 빠질 수밖에 없는 춤. 의상 또한 세계 어디에서도 볼 수 없는 예술적인 멋을 자랑하지 않는가. 벼슬 못한 양반들의 일탈과 풍류의 정취가 멋지게 느껴져 좋아하는지도 모르겠다. 그래서 나는 한량무를 추면서 여자이기에 당할 수밖에 없었던 한을 춤으로 실컷 날려 버린다.

와신상담

정년을 대비하여 주말마다 무용 강사자격증 반에서 수업 받을 때였다. 반장 언니는 사람을 쉽게 사귀지 못하는 나를 친절하게 대해 주었다. 반장이 총무 일까지 맡는 바람에 수업을 제대로 받을 수 없었다. 나는 언니의 모자란 춤사위 부분을 일러 주었다. 하지만 겉으로는 언니 동생처럼 지낼 수는 없었다. 강사나 수강생이나 호칭을 '선생님'이라고 부르는 규칙 때문이었다.

수료식을 앞둔 어느 날, 언니는 휴식 시간에 내 손을 잡고 일급비밀을 알려준다며 탈의실로 데리고 갔다.

"김 선생, 끝나고 우리 명동보리밥집으로 저녁 먹으러 가요. 내가 쏠게요."

"아, 네. 감사합니다."

식당 건물은 작지만 이층으로 올라가 보니 제법 널찍하니 손님도 많았다. 언니가 앉자마자 일 인분만 주문하여 당황스러웠다. 눈치를 챘는지 일 인분을 주문해도 괜찮다고 말했다. 언니는 초기 위암보다 일찍 발견한 초롱이 위암이어서 위를 잘라내는 수술을 받았다고 했다. 칠십 대라고 믿어지지 않을 만큼 날씬하고 얼굴이 갸름하여 화려한 차림이 잘 어울렸다. 뿐만 아니라 활기차고 무슨 일이든 적극적이었다.

언니가 얼마 먹지 못하여 나 혼자 먹다시피 하였다.

"김 선생, 밥 먹고 나하고 광화문 가서 맷돌체조 등록하자. 자격증 받으면 강의도 할 수 있다고 하네. 바로 취업시켜 준대."

탈의실에서 말한 그 일급비밀이었다. 솔깃하여 따라나섰다.

늦은 시간 광화문 거리는 한산했다. 가로등 불빛을 온몸으로 받으며 언니와 다정하게 팔짱을 끼고 체조 지도자가 될 행복한 꿈에 젖었다. 광화문역에 도착하자 언니가 잡았던 손을 풀었다. 장난기가 발동했는지 엉덩이를 씰룩씰룩 흔들며 매표소 밖에 있는 승차권을 들고 왔다.

개찰구에 들어서면서 뒤따라가는 나한테 슬쩍 노인승차권을 손에 쥐어주는 것이었다. 머뭇거리자 언니는 눈을 끔벅거리며 빨리 하라고 신호를 보냈다. 엉겁결에 노인승차권을 넣고 말았다.

"아주머이, 잠깐 들어와 보소."

굵고 엄한 목소리가 등 뒤에서 나를 불러세웠다. 가슴이 철렁하여 언니를 보았지만 태연하게 계단 방향으로 가는 것이었다. 올 것이 왔구나 싶어 자석처럼 직원 뒤를 따라 사무실로 들어갔다. 두 개의 책상이 기역자로 놓여 있었다.

"무임승차하면 벌금 내는 거, 아시지애? 신분증 보여주소."

"예? 아, 네, 저어…신분증 안 가지고 다니는데요. 한 번만 봐주세요."

직원은 검은 점퍼에 칼라를 바싹 세워 턱을 가리고 앉아 있었다. 세금계산서와 볼펜을 손에 쥐고 나를 올려보는 폼이 돈을 지불하면 당장 영수증을 떼어줄 자세였다.

"벌금이 얼만데요?"

"30배이니까 네, 이만 칠천 원 내소, 마."

참으로 난감했다. 그는 인심이라도 쓰는 것처럼 아무

생각 없이 말했지만 나는 속이 타들어갔다. 간단한 문제가 아니었다.

"죄송합니다. 수중에 만 원 밖에 없는데 이거 드리고 내일 갖다드리면 안 되나요?"

"지금 장난하자 이긴교. 벌금 낼 돈도 엄꼬, 신분증도 없으니까 네, 고마, 경찰서에 가입시더."

마치 영화에서 범인 다루는 듯한 태도에 자존심이 상했다.

"좋아요, 경찰, 경찰 그러시는데 갑시다."

그도 짜증났는지 말하면서 책상에 볼펜을 놓았다. 볼펜이 책상을 부딪치며 떼구루루 떨어지는 소리가 정적을 깨뜨렸다.

"이 사람은 아무 잘못이 없어요. 이 늙은이가 준 겁니다. 한 번만 봐 주세요."

언제 들어왔는지 언니가 경찰서라는 말에 손이 발이 되도록 빌며 얼굴이 하얗게 질려 있었다. 나는 경찰서에 가겠다고 마음을 먹고 나니 오히려 당당해졌다.

"내가 범죄자라도 돼요? 경찰서에 가자고 하니 가요, 가."

언니가 비는 모습을 보니까 화가 치밀어 오히려 큰 소

리로 말했다.

한쪽 책상 앞에 앉아서 조용히 지켜보고 있던 직원이 가까이 왔다. 차분한 음성으로 "진정하시고 앉으세요" 하면서 의자를 권했다. 그는 친절하게 근무자의 입장을 말하더니 무임승차 단속 기간이라고 덧붙였다. 무임승차하면 벌금이 30배가 된다는 것도, 단속 기간이 있다는 것도 몰랐다. 어르신들 승차권을 매표소밖에 놓는다는 사실조차 그날 처음 알았다. 그의 설명을 들으니 벌금을 내지 않을 수 없었다.

결국 언니와 나는 동전까지 털어 가까스로 벌금 액수를 맞추었다. 벌금을 지불하고 사무실을 나서자 언니는 언니대로 미안하다고 했고, 나도 큰 소리를 친 것이 창피한 생각이 들었다. 헤어지고 돌아서는데 아까 들떴던 기분은 온데간데없이 사라지고, 어깨가 축 처져 가는 언니의 모습만 가슴에 남았다. 방화 행 전동차를 기다렸다. 나는 화가 풀리지 않아 다시 사무실을 찾아 갔다.

"영수증 주세요. 그리고 벌금 30배라면서 왜 내 승차권까지 압수하는 겁니까."

"아, 네. 죄송합니다."

그는 친절하게 문까지 열어주었다. 사실 나 자신의 무지

에서 비롯된 행동에 대한 화를 괜히 그들에게 낸 것이었
다.

살아오는 동안 '정직'이란 두 글자에 자부심을 가졌던
나. 어쩔 수 없는 속물이었다는 생각에 그날 밤, 남편의
위로가 들리지 않았다. 그들한테 혼난 수치심과 부끄러
움에 몸을 뒤적이며 밤을 새우고 말았다.

다음 날 아침, 와신상담하는 마음으로 화장대 거울 중
앙에 벌금 영수증을 붙여놓았다.

김한태 교장 선생님을 생각하며

　　　　　　　　　　어느 날 저녁 뉴스를 보았
다. 매년마다 전 세계 교사들을 대상으로 한 시상식을
전하고 있다. 교육계 노벨상이라 불리는 '세계의 교사상'
이었다. 2018년은 '안드리아 자피라쿠'라는 여교사가 받
게 되었다.

　그녀는 영국에서 살인율이 가장 높은 런던 브렌트 지
역에서 가난과 폭력에 노출된 다문화 빈민층 아이들을
가르쳤다. 그들이 쓰는 130개국 언어 중에 35개국의 기
초 언어를 배워 학부모와 소통하고, 미술교사로서 방과
후 아동 수업과 주말 수업을 했다. 그리고 아이들의 안전
을 위해 경찰과 협력하여 폭력단에 연루되지 않게 차단
했을 뿐만 아니라 학업 성취도 상위 5프로가 될 수 있게

도왔다는 것이었다.

나는 그 뉴스를 보면서 오십대 후반에 다녔던 성지중고등학교 김한태 교장 선생님이 떠올랐다. 강서구 화곡역에 있는 학교다. 외길 40여 년간 소외 계층을 위한 교육을 실현하고자 노력하고 계신다. 일반 학교에서 적응을 못한 아이, 불운한 시대에 태어나 나같이 못 배운 성인을 위한 대안학교다. 주야간제 수업이 있어서 아르바이트를 하는 소년 소녀 가장도 많았다.

학교에 처음 찾아갔을 때. 주위에 오래된 주택들이 밀집해 있었다. 낡은 건물 안에서 청소년들이 좁은 계단을 오르내렸다. 목을 빼고 기웃거리는 나에게 흰 피부에 키가 작은 여성이 물었다.

"어떻게 오셨나요?"

"학교가 상가처럼 생겼네요."

엉뚱한 말이 튀어 나왔다.

"겉으로 보기에는 그렇게 보이죠. 보세요, 내부는 상당히 넓어요."

그녀는 잔잔한 미소를 지으며 설명해 주었다.

그 따스한 미소가 호기심을 불러 일으켰다. 교실 안으로 들어갔다. 책상과 걸상이 잘 정돈되어 있었다. 따라가는 나에게 그녀는 건물 뒤쪽에 있는 큰 컨테이너를 소개했다. 교내 매점과 식당이라고 했다.

"탁구실과 음악실, 조리실까지 있어요. 여기서 조리 자격증도 받을 수 있답니다. 우리 학교에서 공부하면 대학도 갈 수 있어요."

대학에 갈 수 있다는 말이 내 귀에 꽂혀 가슴이 떨렸다. 앞뒤 생각할 겨를 없이 당장 야간 수업을 받겠다고 했다. 나중에 알고 보니 그때 친절하게 안내해 준 분은 가정 선생님이었다.

입학식 날. 10대들과 공부하겠다는 나를 걱정하던 남편과 아들딸, 며느리가 축하해 주었다. 수업을 따라가지 못할까 봐 두려우면서 한편 가슴이 벅찼다.

첫 수업 시간에 돌아가며 자기소개를 했다. 30대 초반인 관식이는 어려서 엄마가 돌아가셨고, 아버지가 있었지만 어린 나이에 가장 노릇을 해야 했다. 한복 바느질을 배운 그녀는 대학은 '한국복식과학학과'에 들어가 전공을 살려 교수되는 것이 꿈이라고 했다. 40대 최 씨는 구청장이 되고 싶었는데 대학 졸업장이 없어 소망을 이루지 못해 공부를 시작했단다. 교수 아들인 10대 웅이는 왕따를 당해 학교를 네 번이나 옮긴 끝에 우리 반에 들어왔다. 그 외에도 새터민이나 다문화 가정, 한 부모 아이라는 이유로 일반학교에서 적응을 못한 아이들…. 그렇게 우리 반은 소설 속 주인공 같은 사람들로 구성되어 있었다.

나와 첫 짝꿍이 된 만규. 큰 키에 검붉고 우락부락한 인상에 헐크처럼 생긴 30대였다. 그는 처음부터 말끝마다 나를 할머니라 불렀다. 그냥 할머니가 아니다. 부를 때마다 호칭을 바꾸는 바람에 놀리는 것 같았다.

"만규 씨! 나한테 할머니, 할마이, 할매 하는데 그렇게 부르지 마세요. 진짜 기분 나쁘거든."

그는 삐딱하게 서서 나를 꼬나보며 말했다.

"아니, 손녀도 있고 할머니보고 할매라고 하는데, 뭐가 잘못 됐시유?"

되레 큰소리치는 것이었다. 삽시에 살벌한 분위기라 떨렸지만 용기를 내어 맞섰다.

"댁더러 부르라는 할머니가 아니거든! 이름 놔두었다 국 끓여 먹으려나."

웅성거리며 반 친구들이 모여들자 그는 밖으로 나갔다. 얼마 후 그는 정중하게 사과했다. 그 후부터 우리는 이름을 부르게 되었다.

야간 수업 선생님들은 최선을 다해 우리를 가르쳤다. 담임은 밤중에 전화벨이 울리면 가슴 철렁 내려앉는다고 하셨다. 어디로 튈지 모르는 사춘기 아이들. 다양한 사고가 빈번하다는 것이었다. 상처받지 않게 해결하고 다독이며 함께 고민한다고 하셨다. 부모 역할까지 하고 있다는 것을 알고서 더욱 존경스러웠다.

여러 과목 중에서 나는 문학 시간을 좋아했다. 작고 예쁘장한 고 선생에게 고전소설과 현대소설, 시를 배우면서 문학에 대해 폭넓게 알게 되었다. 게다가 책을 지정하여 읽고 소감을 쓰게 하였다. 중학교 때 품었던 작가의 꿈을 이룰 수 있을 것 같았다. 그리고 수기 공모에 도전했다. 상을 받으러 갈 때 교장 선생님께서 중국어 선생과 자가용을 타도록 배려하여 그만 속울음을 삼키었다.

나는 대학에 가고 글쓰기를 하려면 컴퓨터부터 배워야 했다. 낮에는 춤을 가르치느라 시간을 쪼개 이용해야 했다. 컴퓨터 교실은 어둑하고 눅눅한 지하실이었다. 그 곳에는 체구가 아담한 조한신 선생이 계셨다. 선생의 목소리도 크지만 지하실이라 그런지 귀청이 떨어질 정도로 울렸다. 처음 듣는 컴퓨터 용어를 익히기도 전에 파워포인트를 배우게 되었다. 진도가 빨라 정신이 없는데다 선생은 구령 붙이듯 말이 빨랐다.

"텍스트 상자에 커서가 나타나면 키보드를 이용하세요. 부제목, 텍스트 상자 선택!"

십대들은 척척 잘도 했다. 하지만 나 같은 어른들의 머릿속은 혼돈 그 자체였다. 여기저기서 어수선한 신음소리가 들렸다.

"슬라이더 탭이 어디 갔지?"

"텍스트가 뭐지?"

나는 창피해서 말도 못하고 있는데. 순간 누군가가 용기를 내어 큰소리쳤다.

"민아, 엔터키가 어떤 거야? 가르쳐 줘."

그러자 주위 사람들은 웃음바다가 되고, 찰나에 선생은 소리를 지르셨다.

"아니, 도대체 말할 땐 어디 갔다 오는 거요? 어디를…."

면박을 주다가도 이내 웃으며 개인교습하듯 설명해 주었다. 그 덕분에 컴퓨터상을 받거나 자격증은 받는 아이들도 있었다. 나는 컴맹을 탈출하여 지금까지 유용하게 쓰고 있다. 몇 년 후 고맙다는 인사를 하려고 선생님께 전화를 걸었다. 그러나 안타깝게도 그분은 이미 이 세상 사람이 아니었다. 그러나 컴퓨터 할 때마다 선생님이 내 곁에 계신 것처럼 느껴진다.

성지고 시절을 생각하면 잊을 수 없는 또 한 분이 계신다. 구십을 바라보는 김한태 교장 선생님이시다. 넉넉한 인상에 통통한 몸집으로 열정이 넘치는 분이라 작은 거인이라는 말이 딱 어울렸다.

어느 날 교장 선생님이 국어시간 끝날 무렵에 들어오셨다.

"여러분! 공부하는 데 불편한 점 있으면 기탄없이 이야기 해 보세요."

막상 불만을 말하라고 자리를 깔아주었는데도 침묵이 흘렀다. 학교가 가난하다는 사실을 알기 때문에 학생들도 대체적으로 불만을 말하지 않았다. 그때였다. 민수가 손을 번쩍 들고 한마디하였다.

"2층 계단을 오르는데 난간이 없어서 불편합니다."

교통사고로 다리를 다친 민수의 말이었다.

"엘리베이터는 원하지는 않지만, 난간 설치를 부탁합니다."

우리는 민수의 불편함을 모르고 지냈다. 그 다음 날 난간이 설치되었다. 민수만 좋은 것이 아니라 나도 붙잡고 오르내리기 편했다.

어느 날 저녁 무렵, 배가 고파서 김밥을 사 먹을 때였다. 식당으로 들어선 교장 선생님은 손자뻘 되는 청소년 두 아이를 데리고 오셨다. 새로 전학 온 아이들 같았다. 아이들을 의자에 앉히고 식당 아주머니한테 음식 주문하는 것이었다.

"수고스럽지만 애들한테 김밥 말고 밥과 국을 많이 주세요."

교장 선생님은 그렇게 학생들의 배고픔을 먼저 챙겼다.

교장 선생님은 구에서 주최하는 달리기 대회에도 전교생을 참석하게 했다. 당신도 직접 뛰면서 생수를 나눠주시고, 유명한 가수를 섭외하여 제자들의 재능을 찾아내어 그 길로 가게 인도했다. 요즘은 야구부까지 두었다고 한다. 학교에 강당이 없어도 도전 골든벨 출연도 하고 성지예술제나 졸업식 때는 구민회관에서 군악대까지 불러 학생들의 기를 북돋아 주셨다. 그분은 늘 '여러분은 미래의 주인이다'라고 하시면서 관용과 사랑을 가르치셨다.

나는 입학하고 얼마 되지 않아 표창장을 받게 되었다.

잘한 일도 없는데 표창장을 받고 어리둥절했다. 얼핏 보면 표창장이나 상장이 다를 바 없는 같은 상이지만 자세히 보면 표창장 아래에 이렇게 써 있다.

'가정의 화목과 자녀 지도에 남다른 노력이 있어 타의 모범이 되므로….'

그리고 상장에는 '학생들에게 귀감이 되므로'라고 썼다. 세어 보니 모두 열한 개 중에 표창장이 네 개나 되었다. 뿐만 아니라 임명장과 개근상, 우등상. 내 평생소원이었던 고등학교 졸업장 아래에는 가슴 떨리는 문구가 있었다.

'전 과정을 마치었으므로.'

그렇게 우리 학교는 소수의 뛰어난 학생들에게만 주는 다른 학교와 달리 가능하면 더 많은 학생들에게 상을 주었다.

나는 공부를 하고 싶어 학교에 갔다. 하지만 거기서 만난 김한태 선생님은 공부 이상의 덕목으로, 인간다움이 무엇인지 몸소 보여 주셨다. 내가 졸업한 지도 적지 않은 세월이 흘렀다. 그런데도 교장 선생님의 남다른 배려를 생각할 때마다 가슴이 따뜻해지곤 한다. 그러니 '교사는 영생永生이다'라고 표현한다.

나는 세계의 교사상이란 시상 소식을 접하면서 왠지 모를 아쉬움을 느꼈다. 만약 내게 그런 위치가 주어진다면 김한태 선생님께 '세계의 교사상을 드리고 싶은데 그럴 수 없기 때문이다. 하지만 세상에 드러난 상만 상이겠는가 하는 생각이 든다. 나와 같은 늦깎이 졸업생 가슴속에 오래오래 살아계시는 것도 큰 상이 되리라 믿는다.

　"김한태 교장 선생님, 감사합니다."

겉맵시 속맵시

3월 마지막 날 창덕궁에 갔다. 돈화문으로 들어서자 회화나무가 보였다. 잎망울을 터뜨리고 있는 나뭇가지 사이로 은빛 햇살이 화사하게 쏟아졌다.

해설자와 관광객들이 서성거리고 있었다. 외국 관광객을 위해 중국어, 영어, 일본어 해설자가 생활 한복을 입고 설명하는 모습이 눈에 띄었다. 이왕이면 생활 한복보다 우리 문화를 알릴 수 있는 전통한복을 입었으면 더 자긍심을 갖게 되지 않을까.

오후가 되자 봄바람이 심술을 냈다. 춥지만 더 걸었다. 후원 쪽에 입장할 관광객들이 두 줄로 늘어서 있고, 낙선재 쪽에서 소녀들이 봇물 터지듯 몰려나왔다. 짧은 통치마저고리에 고쟁이를 입은 아이들. 휴대폰을 들이대며 신바람이 났다. 운동화를 신었지만 익살스럽고 귀여웠다. 인정전 추녀의 서까래와 단청이며 오방색이 그날따라 한복과 잘 매치되는 것 같았다.

인정전으로 갔다. 한복을 입은 젊은 커플이 보였다. 아가씨는 주홍색 긴치마에 색동저고리를 입고 어우동 모자를 썼다. 내가 어린 시절 명절에 입었던 색동옷이 생각났다. 그녀의 속옷이 페티코트였는지 링처럼 뼈대가 드러나서 겉치마가 뒤엉켰다. 게다가 바람조차 한몫 거들었다. 아가씨는 걸으면서 폰만 눌러댔다. 속옷만 잘 입었더라면 한복의 아름다움을 유지했을 것이다. 청년은 연분홍 바지저고리 입고, 그 위에 코발트색 조끼를 입었다. 늘씬한 키에 이목구비가 뚜렷하니 잘생겼다. 이왕이면 도포를 입고 갓을 썼더라면 하는 아쉬움은 내 욕심이었을까.

나는 초등학교 졸업 때까지 짧은 통치마저고리를 입었다.

"뿌리 깊은 나무는 바람에 흔들리지 않아 꽃이 예쁘게 피고 열매도 많이 맺듯 옷을 입을 때는 속옷이 뿌리나 다름없단다. 속옷을 잘 입어야 여성스럽고 단아해서 네가 더 예쁘게 보인단다.”

엄마는 매번 타이르듯 말씀하셨다. 하지만 얄궂은 고쟁이가 삐죽하게 나왔다. 나는 단을 접어 올렸다. 그것도 잠시, 두세 걸음마다 고쟁이는 개 혓바닥처럼 내밀었다. 난 보기 싫어서 팬티만 입고 고쟁이는 엄마 몰래 장 속에 숨겨 버렸다. 그러다가 중학교에 다니면서 속옷에 눌렸던 욕망을 발산하려는 듯 양장을 입었다.

요즘 여성은 물론 남성들도 보정속옷을 선호한다. 내 경험을 말하자면, 속옷 스타일에 따라 정장과 원피스, 바지를 입을 때 맵시와 품위가 달라졌다. 원한다면 가슴을 마릴린 먼로처럼 연출할 수도 있다는 얘기다.

2007년 가을 일산 킨텍스에서 ‘한·중·일 친선 국제 장수 춤’ 축제를 할 때였다. 나는 고전무용을 하면서 한복의 의미와 매력에 빠졌다. 공연에 필요한 전통한복과 소품을 들고 갔다. 분장실 밖에서 기다릴 때 일본 ‘기모노’ 오비가 내 시선을 끌었다. 중국의 ‘치파오’는 강한 삼원색 바탕에 목단꽃을 크게 수놓았다. 옆선 슬릿slit은 허벅지까지 트였다. 기모노나 치파오가 수직이면서 긴장감을 주는 원피스 형이라면, 한복은 짧은 저고리의 긴장감과 풍성한 치마가 평면적이며 곡선이 여유로웠다.

우리는 널찍한 분장실로 안내되었다. 짝끼리 모여 한복을 입는 모습들이 진달래 꽃무더기 같았다. 다 같은 여자요, 쉰 살이 넘은 여인들이었다. 나는 바지런히 옷을 입고 넌지시 주위를 둘러봤다. 바스락거리는 소리에 내 눈은 렌즈처럼 움직였다. 열매 무늬 인견 속바지를 입는 친구, 그녀의 짝꿍은 가리개를 치면서 기린목이 되어 배시시 웃었다. 조금이라도 흐트러질세라 서로 옷차림을 챙겨주는 무용수들이 아름다웠다.

나도 짝꿍 언니가 한복을 입는 것을 도왔다. 속내를 털어놓을 만큼 가깝게 지내는 언니는 칠십 대였지만 긴 속눈썹에 작은 눈과 오뚝한 코, 엷은 입술, 박꽃처럼 살결이 고왔다. 언니는 옛것을 고집하며 짧은 속바지 위에 넓게 주름잡은 무지개무늬 '아사 단속곳'을 입었다. 나는 아련히 피어오르는 구름무늬 속치마를 언니한테 드렸다.

"언니! 하얀 색이라 몰랐는데 속옷에도 무늬가 다양하네요."

"아우야! 무늬 없는 옷을 입으면 행복과 불행의 기복 심하대."

"그래요? 구름 문양은요?"

"신선처럼 사랑을 나누고 행복하게 살라는 뜻으로 신

혼 때 입는 거야."

언니는 속옷을 다 입고 꽃버선을 신었다. 시접선이 바깥쪽을 향했다. 그때서야 버선이 왼쪽과 오른쪽이 있다는 것을 알았다. 나도 당장 엄마가 만들어 주신 버선을 바르게 고쳐 신었다. 언니는 홍색 치마끈에 노랑 국화 노리개를 매달고 겉치마를 입었다. 목단꽃 수놓아 만든 '치마허리'는 겉치마 말기 위에 걸쳤다. 허리의 포인트다.

언니는 살포시 웃으며 뒤돌아섰다. 귀 밑에서 흘러내린 상아 같은 어깨선. 난 아름다움을 즐기며 속저고리를 입혔다. 숲의 정기를 음미하는 것처럼 편안하고 기분이 좋았다. 은은한 목단수를 놓은 순백색 겉저고리를 입고 꽃청색 고름을 맸다. 드러날지도 모를 속살을 가리기 위해 조여 맨 옷고름. 꼬마 옷핀으로 다시 고정시켜 드렸다.

우리는 아얌을 쓰고 밖으로 나왔다. 양장이 드러내기라면 한복은 감추기다. 감출수록 더 드러나는 은근한 아름다움, 내면의 아름다움이다. 나는 언니의 뒤태를 보았다. 내밀함이 부풀려진 엉덩이가 토속항아리 모양 같았다. 신선한 가을바람에 자유롭게 휘날리는 옷자락. 두 옷

고름이 바람을 타고 춤을 추었다. 한복을 제대로 갖춰 입은 것만으로도 우리가 선보일 춤의 반을 완성한 느낌이었다.

한복 입은 모습을 보기 힘든 요즈음, 창덕궁에서 내 눈길을 잡은 것은 젊은이들이 입은 한복 차림이었다. 궁과 한복의 조화, 몇 번이고 나를 궁으로 불러낼 것 같은 설레는 풍경이었다.

공부의 참맛

어버이날 문화축제 관계로 공연을 마치고 벨리댄스 강사, 민요 강사, 노래 강사들과 뒤풀이를 할 때 일이다. 그들은 연장자인 나를 보고 부럽다고 했다. 그 연세에 작은 체구로 많은 활동을 하는 모습을 닮고 싶다는 것이었다. 나이를 말하는 것은 거슬렸지만 늘 부족하게만 느꼈던 나를 부러워하는 사람들도 있다 싶어 내심 어깨가 으쓱했다.

그동안 아이들 뒷바라지와 남편 내조, 경제적인 책임까지 다람쥐 쳇바퀴 돌듯 살았다. 아이들이 모두 떠나고 남은 것은 빈 둥지뿐. 노후 생활은 어떻게 할 것인가 슬럼프에 빠졌다. 선배들의 말을 들어봤다. 빈 둥지 안에서 꿈을 포기하고 정신적인 고통 없이 죽는 것이 마지막 소원이라고 했다. 내가 바라는 답이 아니었다. 늘 하늘을 쳐다보며 해바라기처럼 꿈을 꾸었다. 아무리 흐려도 하루에 한번쯤은 빛을 볼 수 있지 않을까.

좋은 생각이 떠오르지 않았다. 남편과 함께 수락산으로 갔다. 높이 638미터 정상을 올라가는데 칠십 대 할머니를 만났다. 거뜬히 산을 오르는 것이 아닌가. 한두 번 오른 솜씨가 아니었다. 젊었으니 나도 정상에 쉽게 오를 수 있을 것이라 믿었다. 로프를 잡아가며 남편이 앞에서 끌어주고 뒤에서 밀어주었다. 중턱쯤 왔는데 현기증이 밀려왔다. 나는 그만 바위에 주저앉았다. 편안함에 흥얼거렸다. 산 아래를 봤다. 높아 보였던 건물과 차 들이 작은 돌멩이처럼 보였다.

삶은 달걀을 먹으려고 껍질을 벗겼다.

'달걀이 스스로 껍질을 깨고 나오면 생명체인 병아리로 부활하게 된다. 하지만 남이 깰 때까지 기다린다면 삶은 달걀이나 달걀 프라이로 끝나고 말 것이다.'

불현듯 그 말이 뇌리에 스쳤다. 이제 육학년이다, 늙었다는 고정관념을 깨고 스스로 닭이 되어볼 것이다.

'노인 인구 증가와 사회적 변화'라는 강의 때 강사가 이런 말을 했다.

"옛말에 이십 전의 꿈은 정승이요, 삼십 전의 꿈은 군수요, 사십 전의 꿈은 면장이란 말이 있습니다. 여러분!"

그 말에 용기를 얻어 꿈을 꾸면서 자기개발에 도전했다.

나는 여가 활동으로 우리 춤 지도사, 레크리에이션 댄스 지도사, 한국국어 교원 자격, 실버 여가 체육 지도자, 웃음치료사 그밖에 다양한 자격증을 취득하여 활동한다. 배움은 여기서 끝이 아니었다. 오래 전에 접었던 대학 문턱을 딛고 싶었다. 늦깎이에 S대학 가족복지학과를 선택했다. 책을 통해서 인성교육, 심리학, 철학, 문화와 예술을 만났다. 공부하면서 느낀 것은 보육학 개론이나 가족복지론 교육이 필요하다 싶었다. 그래서 보육교사, 사회복지사, 다문화 가정 상담지도, 방과 후 아동지도교사, 요양보호사 취업을 위한 자격증을 취득했다. 하지만 어떤 자격증이든 내가 진정으로 무엇을 어떻게 하느냐에 따라 달라진다는 것을 알았다.

나는 배운 것을 풀어야 했다. 미술심리상담 자격으로 장애와 인지가 부족한 사람을 찾아가 함께 그림을 그렸다. 사람이 그리웠던 그들은 그림 그릴 때 내가 곁에 있어주는 것만으로 좋아했다. 또한 글을 읽지 못하는 사람들을 찾아가 한글을 가르쳤고, 몸과 마음의 상처를 앓고 있는 환자를 찾아가서 노래와 춤을 가르쳤다. 그리고 소외된 어르신들과 운동하고 차 한 잔 나누는 행복한 티타임도 만들었다. 관계 형성이 미래의 나를 위한 공부였다.

헬스장에서 나오다 동네 사, 오십 대 엄마들과 커피를 마시게 됐다. 아름다운 노후를 보낼 수 있는 방법을 가르쳐 달라고 했다. 그들은 한없이 도전하는 나를 보고 '직업 수강생'이라는 우스갯말을 했다. 끝이 없는 배움을 택한 삶일 뿐 공부의 참맛은 남에게 보여주기 위한 것이 아니다. 내가 가지고 있는 것을 나누어 주었을 때, 내 정신 내 가슴이 따뜻해지는 것이 아닐까.

이제는 삶의 양을 늘리고 싶지 않다. 삶의 질을 관리할 수 있는 공부의 참맛을 느끼며 배우고 나누고 싶을 뿐이다.

미스 SU 대회

대학교 다닐 때 일이다. 나는 직장 때문에 야간수업을 들었다. 저녁을 먹으려고 학교 식당에 가니 몇몇 학생들이 삼삼오오 앉아 있었다. 메뉴판 옆에 붙어 있는 '미스 SU 선발대회'라는 포스터가 눈에 들어왔다.

호기심이 발동했다. 미스코리아를 뽑는 것처럼 미모를 보는 것이 아니라 성실하고 지적인 사고를 갖춘 아름다운 '미스 SU'를 뽑는다는 것이었다. 신청 자격은 숭의여자대학 학생이라면 누구나 참여할 수 있고 장기 자랑을 해야 한다고 했다. 반드시 미혼이어야 한다는 규정이 없으니 나도 자격이 된다고 생각했다. 출제 부문은 학교 유래, 기독교 부문, 상식 문제 총 30 문항을 묻고 답을 맞히는 퀴즈쇼 같은 것이었다. 시험 과목보다 어려울 것 같지도 않고, 내가 할 수 있는 장기 자랑이 있어 신청하고 말았다.

입학할 때 제일 먼저하고 싶은 것이 동아리 활동이었다. 아들에게 대학 시절에 '분풀이'라는 동아리에서 장구, 꽹과리, 징을 두드렸더니 선후배 사이에 친분이 두터워졌다는 말을 들었기 때문이다. 늦깎이로 공부하는 나도 동아리를 통해서 학우들과 스스럼없이 친하게 지낼 수 있지 않을까. 하지만 우리 학교에는 내가 원하는 풍물놀이나 난타는 없었다.

대회 날이었다. 전년도에 탈락한 것이 아쉬워 출전하는 경험자도 있었고, 미스코리아 대회인 양 미모가 눈에 띄는 출연자들도 있었다. 그 많은 후보자 중에 우리 반 학생은 나뿐인데다 가장 나이가 많았다. 출연자들이 "웬 할머니?" 하며 힐끗힐끗 쳐다보며 쑥덕거리는 것 같아 얼굴이 화끈거렸다. 가슴이 옥죄며 불안하고 초초했다. 가방에서 소품을 찾는 시늉을 하다가 '몰래 사라져 버릴까' 하고 문을 살그머니 열었다. 안내하는 학생이 "왜 그러세요?" 하고 물었다. 내가 그만두겠다고 말하자 그 학생은 기왕에 신청했으니 부담 갖지 말고 즐거운 마음으로 참여하라고 친절하게 달랬다.

대강당에서 들리는 노래 소리. 그 소리에 나의 갈등과 불안은 서서히 눈 녹듯 녹아내리고 말았다. 어느덧 내 차례가 되었다.

"안녕하세요. 1학년 B반, 기호 8번 김현숙입니다. 나이는 거꾸로 열여섯 살입니다. 감사합니다."

내 소개가 끝난 다음 사회자가 말했다.

"거꾸로 열여섯 살이라고요? 그러면…."

"네! 거꾸로는 열여섯 살, 바로 하면 예순한 살입니다."

사회자가 다시 말했다.

"여러분! 기호 8번의 나이는?"

방청석을 향하여 큰 소리로 물었다.

"예순하나!"

학생들은 약속한 듯 크게 소리쳤다. 우렛소리라는 말이 실감이 났다. 순간 가슴이 벅찼다. 내 나이도, 여대생이라는 것도 자랑스러웠다. 심사석 교수들도 반달웃음을 지으며 박수를 쳤다. 나는 방청석에서 보내는 응원이 고마워서 두 팔을 번쩍 쳐들며 화답했다.

맨 앞줄에 앉은 나. 영어 퀴즈 문제에서 나와 몇 사람이 낙엽처럼 우수수 떨어지고 말았다. 그저 재미로 한 것이지만 겨우 대여섯 문제 맞히고 나니 방청석에 있을 반 친구들이 실망할 것 같아 창피스럽고 씁쓸했다.

심사석 채점이 이어졌다. 합창부의 찬송가와 레크리에이션이 끝난 다음 나는 양반 옷과 갓을 쓰고 부채와 하나 되어 '한량무'를 추었다. 한량이라 해서 술 마시고 여자와 노는 것이 아니라 일탈과 절제, 남자의 기품을 춤으로 풀어내는 것이다. 절정에 이르러 원을 그리며 청람색靑藍色 도포 자락을 날리며 학의 날개처럼 두 팔 펴고 하늘을 향해 내리달렸다. 숨이 차고 등줄기에서 뜨거운 물이 흐르자, 환상에서 빠져나왔다. 마음이 통쾌했다.

박수 소리를 뒤로 한 채 밖으로 나왔다. "또순 언니!" 하고 부르는 소리에 깜짝 놀랐다. 아르바이트로 학비를 마련하는 나빈이가 빨간 장미꽃 한 송이를 내밀었다. 직장 다니면서 부모님 생활비까지 책임지는 은진이가 카메라를 들이댔다. 정을 쉽게 주어 상처를 잘 받는 착한 지선이…. 우리 조별 팀 열댓 명이 기다리고 있었다. 아이들 말처럼 그야말로 감동 먹었다. 우리는 명동식당에서 흰 거품을 뿜어내는 맥주잔을 부딪쳤다. 내가 바라던 '친분이 두터워지는' 순간이었다.

'미스 SU'는 기대하지 않았다. 어렵게 들어간 대학, 동기들과 나이란 굴레를 벗어나 좋은 이미지로 남고 싶었다. 어떤 사람들은 요즘 아이들은 이기주의라 자기밖에 모른다고 하지만, 내가 먼저 웃고 다가섰더니 반갑게 맞아 주었다. 지금도 만나면 즐겁게 지낼 뿐만 아니라 고민까지 털어 놓는 사이가 되었다. 그때 그 정을 못 잊어 오늘도 외쳐 본다.

"아그들아, 고민 있으면 다아 나한테 말하그라. 이 또순 언니가 득달같이 달려가 친구해 줄겨, 모두모두 사랑헌다이."

내가 도관선이 되리라

　　　　　　　　　　　말만 들었던 가평 꽃동네로
봉사활동을 가게 되었다. 신입생은 봉사를 다녀와야 학
점이 올라가기 때문에 거의 참석했다. 학교 버스에서 내
리니 가평 꽃동네는 사방이 산으로 둘러싸여 있었다. 야
산 중턱에 오르자 맑고 시원한 공기가 코를 스쳤다. 5월
인데도 약간 춥기까지 했다.

　5층 건물이 군데군데 다섯 곳 있었다. 사람이 보이지
않아 왠지 삭막감이 감돌았다. 교수님과 우리는 수녀님
에게 내담자를 대하는 태도나 말, 행동에 대한 설명을
들었다.

　그 자리에서 A반 네 명과 나, 다섯 명이 1조가 되었다.
수녀님이 '희망의 집' 4층으로 가라고 했다. 나는 장애자

를 위주로 하는 봉사활동은 처음이었다. 경험이 없어서 실수하면 어떻게 할지 가슴이 쿵쾅거렸다. 밥이라도 먹여주려고 할 때, 나한테 달려들면 어떻게 하나? 하고 두려웠다. A반 단원들이 먼저 올라가는 것을 보고, 용기내어 나도 천천히 계단을 밟으며 올라갔다.

A반 반장이 사십 대로 보이는 담당 직원에게 우리가 온 사연을 말하고 있었다. 그녀는 못마땅한 표정이었다.

"식사도 끝났고 할 일이 없는데요."

볼멘소리였다. 시계를 보니 11시 40분이었다. 우리가 너무 늦게 온 것은 아닐까? 복도에서 걸레질을 하는 도우미에게 인사를 해도 쳐다보지도 않고 지나가 버렸다. 좀 전의 걱정과는 달리 이 먼 곳까지 왔는데 우리 팀만 못하고 가는 것 아닌가 은근히 걱정이 되었다.

A반 학생들은 당황하여 서로 얼굴을 보더니 내게 '무슨 방법 없을까요?' 하고 눈짓으로 신호를 보냈다. 순간 어디를 가던 함께 하는 가방 속의 노래방이 생각났다. 사물함을 정리하고 있는 여직원한테 갔다. A반 반장이 내 뒤를 따르고 다음에 반 아이들이 뒤를 따라왔다. 나는 명함을 건네며 정중하게 말했다.

"선생님! 저는 고전무용과 실버체조를 가르치는 강사

로 활동하고 있습니다. 일이 없다면 앉아서 하는 실버체
조나 무용을 가르쳐 드리면 어떨까요?"

"어머! 그러세요! 그렇게 해 주시면 좋죠!"

10분 전에 피하는 듯했던 여직원은 눈을 반짝이며 관
심을 보였다. A반 학생들도 봉사활동을 못하고 가는 줄
알았다며 가슴을 쓸어내렸다.

여직원은 준비를 해놓을 테니 식사하고 1시40분까지
오라고 하였다. 먼저 인사를 하면서 분위기를 파악했다.
복도를 중심으로, 양 옆으로 세 평 정도 되는 방들이 있
었다. 조금 더 큰 방은 네 명이 잔다고 했다. 오늘은 국수
먹는 날이라고 했다. 팔십 대로 보이는 할머니가 지체장
애자 할머니와 앞을 볼 수 없는 아주머니를 거들어주며
열무국수를 맛있게 드시고 있었다. 또 다른 방에는 할머
니가 한글을 또박또박 쓰고 계셨다. 인사를 하니 글씨
자랑과 나이, 이름을 말하면서 함박웃음을 지었다. 만나
는 분마다 하나같이 "행복합니다"라고 했다.

약속대로 4층으로 올라갔더니 여직원은 극진한 태도
로 나를 공연 장소로 안내했다. 복도 맨 끝 방은 100명도
들어갈 만큼 컸다. 큰 앰프와 마이크 두 개가 있었다.

"누가 선생님이야?"

"에어로빅 선생님이래, 우리 에어로빅 가르쳐 준대."

"아니야! 댄스라고 했어!"

칠십여 명 되는 여자 장애인들이 관심을 보였다. 분위기를 보고 흘러간 노래, 트로트, 흥겨운 민요로 카드를 뽑았다. CD를 틀어놓고 나는 마이크를 귀에 걸고 제자리에서 한 걸음씩 내딛으며 춤사위를 이어갔다. 신바람 나는 진도 아리랑 동작을 따라 하는 사람, 노래만 부르는 사람, 가사는 몰라도 후렴은 누구나 알기 때문에 부담 없이 즐겁게 따라했다. 이어서 강원도아리랑, 밀양아리랑을 곁들여 그들을 더욱 신명나게 하였다. 꽃동네 직원까지 와서 춤을 추었다. 흥분의 도가니 속에서 한 시간이 지났지만 분위기는 식을 줄 몰랐다.

마지막으로 노래자랑을 30분 더했다. 어떤 사람은 울고, 어떤 사람은 이마에 핏대를 세우고 노래하는 분도 계셨다. 당뇨로 실명한 아주머니는 이미자 씨 노래를 가수 못지않게 잘했다.

"선생님! 다음에 또 들러주세요."

하체를 쓰지 못하는 50대 아주머니였다.

"오늘 스트레스가 확 풀렸어요."

실명한 아주머니였다. 그들의 감사 표시에 나는 착잡

했다. 단지 점수를 얻기 위한 위선적인 행동이 아닌가 싶어서였다. 우울했다.

체조하기 전보다, 체조하고 나서 표정은 더 생기 있어 보였다. 인간은 환경에 순응할 수밖에 없는 나약한 존재인 것일까? 몇 시간 동안 내가 본 것은 자유스러운 것 같으면서 편하지 못한 그 어떤 것. 앵무새처럼 '행복합니다!'라는 말, 직원이 있으면 목소리가 올라갔다. 마음이 찡하고 아팠다. 그들도 누군가를 만나고, 친구하고, 즐거워 할 줄 아는 사람 아닌가. 호랑나비, 노랑나비처럼 우아하게 치장을 하고 춤을 추고 싶을 것이다. 나비도 애벌레에서 쉽게 허물을 벗을 수 있도록 분비액을 내어 주는 도관선 없이는 불가능하다.

그 후부터 나는 그들과 같은 사람들을 찾아가 도관선 역할을 하리라 다짐했다.

바퀴 박멸기

십여 년 전 봉사 활동을 하러 공항동에 있는 장애인 시설에 갔다. 그곳은 주택가에서 조금 떨어져 있었는데, 울타리도 없이 파란 기와지붕에 콘크리트 벽으로 세운 건물이었다. 부엌과 방 세 개가 있는 일자형 집이어서 열악해 보였지만 탁구장도 있고 공터에 배드민턴을 할 수 있는 공간이 있었다.

양지바른 마당에 들어서니 휠체어에 앉아 아이들과 정담을 나누는 사람이 있었다. 검정 점퍼를 입은 건장한 50대인 박순 관장이었다. 그는 교통사고로 척수장애를 입은 후 하체를 쓰지 못했다. 그 후유증으로 육체적, 정신적인 고통으로 삶을 포기한 적도 있었다. 그런데 한 지인으로부터 '다친 사슴'을 그린 '프리다 칼로'의 생애를 듣고 용기를 얻었다. 그 후 '든든한 두 팔과 끓는 심장, 맑은 정신으로 무엇을 못하겠는가' 하고 장애우를 돌보게 되었다고 했다. 그는 나에게 바라는 것이 없다면서 알아서 도와 달라고 하였다. 그 말에 더욱 책임감을 느꼈다.

식구들은 30여 명. 그들 중에 이목구비가 뚜렷하고, 얼굴이 갸름한 미니가 가사 관리 팀장이었다. 이십 대로 보이는 미니는 말수가 적고 오른손은 항상 주머니 속에 숨어 있었다. 일하다 기계에 손목을 다쳤다고 했다. 주방장으로 봉사하는 사람은 마른 체구에 곱상한 오십 대 남자였다. 나는 그를 '봉奉 쌤'이라고 불렀다.

나는 식구들이 하고 싶은 것이 무엇인가 알아보았다. 춤과 노래, 한글 공부를 원했다. 그들에게 맞는 퇴계의 '활인심방' 건강 체조를 대중가요에 맞추어 동작을 가르쳤다. 노래까지 부르면서 좋아하였다.

점심을 먹고 부엌으로 들어갔다. 두 사람이 빠듯이 움직일 정도였다. 오래된 벽지에 제멋대로 그려진 무늬들, 벌어진 천장 틈새에 덧바른 종이는 서리 맞은 호박잎처럼 늘어져 있었다. 가스레인지 위에 큰 들통과 대형 전기 밥솥이 보였다. 벽을 기대고 있는 150리터 냉장고. 그런데 바퀴들이 제 집인 양 돌아다니는 게 아닌가. 불빛이 흐려서일까?

하필이면 그 시설에서 작고 검은 일본바퀴라는 놈이 내 심사를 뒤틀리게 했다. 그것도 한두 마리가 아니었다. 갑옷을 두른 듯한 몸통에 더듬이를 높이 쳐들고 까딱대며 딴청을 부리는 것이 영악하기가 여우 같았다. 흘눈을 굴리며 위로 치떴다. 게다가 앞다리 정강이 높이 쳐들며 곧장 공격할 태세를 취하기도 했다. 개중에는 반쪽짜리 날개를 가진 놈들이 많았다. 분명 아기집을 달고 있는 것이 암컷이었다. 새끼를 사십 마리까지 낳는다니, 한 마리만 죽여도 사십 마리하고도 한 마리를 죽이는 셈이었다.

순간 나는 숨을 죽이며 왼쪽다리를 뒤로 기울고, 오른쪽다리에 중심을 잡았다. 상체를 앞으로 당기듯 동시에 당낭권으로 내리쳤다. 일사천리로 틈새 작전을 펴는 바퀴들, 뒤따르는 새끼를 향해 잇달아 후렸다. 그때였다. 배시시 웃으며 들어오는 봉 쌤의 한마디.

"운동 쌤! 바퀴가 그리 만만한 줄 아슈? 허허허."

얼얼한 건 내 손바닥뿐이었다.

그러던 어느 날, 봉 쌤에게 사정이 생겨 요리할 줄 모르는 내가 주방장으로 나서게 되었다. 그날은 작정하고 분사용 바퀴벌레 약 네 통을 둘러메고 집을 나섰다. 시설에 도착하자마자 냉장고를 정리했다. 기부 받은 어묵들은 유통기한이 지났고, 쉰내 나는 짬뽕국물은 버렸다. 풋고추와 상추 가운데 먹을 만한 것으로 골라 찬을 만들었다.

점심을 먹은 후 나는 바퀴 박멸 작전을 설명했다. 관장과 총무가 코웃음을 치는 것 같았다. 미니조차도 그러려니 하는 표정이었다. 그들이 뭐라고 하던 부엌으로 들어섰다. 창문과 환풍기를 테이프로 붙이고, 설거지통의 산더미 같은 그릇 위에는 종이를 덮었다. 냉장고는 이불보자기로 덮은 다음 마스크를 겹겹이 썼다. 챙 넓은 모자를 쓰고, 긴 수건으로 목을 둘렀다.

바퀴 약통을 양손으로 잡고 쌍권총 쏘듯 조리대 밑에서부터 싱크대 아래를 향해 화염 방사기를 뿜어내듯 약을 분사했다. 부엌 바닥에 구름처럼 회색 안개가 스머들기 시작했다. 벽 사이에서 스멀거리는 소리가 들렸다. 벽 틈새부터 천장까지 방향 전환하며 스프레이어를 난사했다. 놈들이 갈대를 밟듯 서걱거리는 소리가 급급해졌다. 정수리가 쪼뼛거렸다. 바퀴 약이 다 되면 새 약통으로 교체했다. 서부의 사나이처럼 치열하게 쏘고 또 쏘았다. 죽기 살기로….

그사이 놈들의 걸음은 군화 발소리처럼 요란해졌다. 격전이 벌어지면서 포연에 휩싸였다. 나는 정신없이 천장을 향하여 무차별적으로 분사했다. 깜깜해진 부엌. 드디어 본색을 드러낸 바퀴들. 모자와 어깨로 덤벼드는 놈, 등을 후리고 귀를 때리는 놈, 발등을 짓찧는 놈 사면팔방에서 쏟아졌다. 나에게 포위 작전을 펴는 것 같았다. 그렇다고 물러날 내가 아니었다. 나는 불안과 초조감에 놈들을 더더욱 압박해 들어갔다.

마지막 약통이 맥없이 픽픽댈 때였다. 갑자기 기침이 잇따라 쏟아졌다. 인후에 통증이 오고 심장이 멎는 듯 숨이 턱에 차올랐다. 게다가 눈두덩조차 내려오며 취한 듯 온몸이 떨렸다. 이러다 바퀴보다 내가 먼저 죽고 말지 싶었다. 가까스로 빠져나왔다. 나는 마스크를 풀고 숨을 몰아쉬었다. 바퀴와의 사투는 겨우 15분인데도 100시간도 더 걸린 것 같았다.

세 시간 후, 부엌문을 열었다. 바닥에 좍 깔린 바퀴들. 미니도 나도 기겁했다. 온 몸에 털이 서고 좁쌀알 같은 소름이 끼쳤다. 알집을 떨어뜨리고 배회하는 어미. 껴안고 촉만 움직이고 있는 암수. 암벽 타듯 기어오르는 바퀴. 크기와 색깔도 다양했다. 나는 놈들을 그러모았다. 세숫대야에 담고 또 담았다. 그리고 타오르는 불길에 던져버렸다. 속이 후련했다.

그런데 요새 신문이나 텔레비전에서 난리가 났다. 세상을 어지럽히고 온갖 이권에 갑질하는 인간 바퀴벌레들의 이야기가 들끓고 있는 것이다. 그런 것들을 한 번에 퇴치하고 싶다. 바퀴벌레 약이 천 통 만 통이 든다한들 어떠랴. 설혹 내가 먼저 그 약기운에 질식사하는 한이 있더라도 말이다.

노래하며 꿈을 찾는 사람들

　　　　　　　　　몇 년 전부터 복지관에서 어르신들에게 한글을 가르치고 있다.

　어르신들은 초등학교 저학년 수준이었다. 수업을 하다 보니 배우지 못한 한恨 뿐만 아니라 그들이 어렵게 살아온 삶의 시나리오를 읽는 것 같았다. 힘들게 살아온 세월만큼이나 개성이 강했다. 학생이 아홉 명밖에 안 되는데도 이름조차 모르고 데면데면한 분위기였다.

　수업은 네댓 번 읽어주고 각자 읽어 보게 한 다음 받아쓰기로 마무리했다.

　학생들 중에 초등학교를 중퇴한 윤숙 씨는 노점상을 하면서 외아들을 최고학부까지 가르쳤다. 대기업에 다니는 아들이 그녀의 자랑이었다. 다혈질인데다 수업 중에 말이 많고 자주 결석했다. 수개월이 되어도 읽기에 전혀 진전이 없었다.

"윤숙 씨! 집에서도 책을 읽어야지, 처음이나 지금이나 똑같네요."

"읽었시유. 늙어서 머리가 썩었당게유, 히히히."

강의 중에 학생들에게 제일 많이 듣는 말이 '늙었다, 머리가 썩었다, 돌대가리다'라는 말이었다. 유행어처럼 덩달아 하는 그 말이 듣기 싫었다. 나는 핑계라고 말했다. 윤숙 씨는 얼굴이 벌게지며 벌떡 일어섰다. 눈꺼풀이 파르르 떨리고 입술은 경련을 일으켰다. 떨리는 손으로 두서없이 책을 가방에 넣었다.

"못 배운 것에 한 맺혀서 왔더니만 못 읽는다고 구박혀유."

말릴 사이도 없이 교실을 나가 버렸다. 나는 당황했다. 아무래도 사람들 앞에서 꾸짖으며 못마땅해 한 내가 경솔했던 것 같았다. 오해를 풀어야 했다.

수업을 마치고 윤숙 씨 친구와 집으로 찾아갔다. 문을 안 열어 주면 어찌할까 불안했다. 그녀는 현관문을 열자마자 내 손을 꼭 잡았다. 언제 그랬냐는 듯이 반기는 것이었다. 어렵게 살다 보니 거친 성격이 됐다며 오히려 미안하다고 거듭 사과했다. 다음 날 받아쓰기 채점하는데 공책에 '어제는 죄송했어요'라고 쓰여 있었다. 나는 그 밑에 '이해해 주셔서 고맙습니다' 하고 답했다.

학생들 중에 세 사람이 함께 앉아 받아쓰기 할 때마다 커닝을 했다. 공부하러 같이 오고 결석도 같이 했다. 그들은 자리에 앉자마자 수다를 떨어 교실이 늘 어수선했다. 반 학생들은 그들이 없을 때는 불평불만을 하면서도 대거리하는 사람은 없었다. 나는 은근히 화가 났다.

"여러분, 결석할 경우에 소문내지 말고 조용히 결석하세요."

나는 누구라고 지적하지 않고 말했다.

"안 다니면 될 것 아니여!"

한 사람이 냅다 소리치며 나갔다. 덩달아 두 사람도 그를 달래는 척 뒤따라 나가서는 다시는 오지 않았다. 나는 연락하지 않았다.

한동안 크고 작은 갈등으로 수업하기가 힘들었다. 나이가 많거나 다문화 가족인 학생들은 잘 따라오지 못해서 따로 과외를 해주었더니 몇 학생이 사무실에 찾아가 항의를 하는 것이었다. 그만 두고 싶을 때도 있었지만 언니나 동생 같은 사람들을 외면할 수 없었다. 마음을 모으는 것이 우선이라는 생각이 들었다.

먼저 호칭을 이름으로 불렀다. 학생들의 사진을 찍어서 그 옆에 전화번호를 기록하여 명함처럼 코팅하여 나눠주었다. 서로 관심을 갖도록 하고 싶어서였다.

어떻게 하면 쉽고 재미있게 가르칠까 고민했다. 어머니가 스트레스를 풀었던 방법이 생각났다. 놀이로 푸는 심심풀이, 부지깽이로 부뚜막을 두드리며 분을 삭이던 분풀이, 푸닥거리하며 한을 푸는 한풀이…. 나 역시 고통이나 슬픔을 바람에 띄우듯이 한숨으로 풀었다. 그러다 노래를 부르고 어깨춤을 추다 보니 치료가 되었다. 노랫말은 겹받침이나 겹자음이 거의 없다. 그래서 쓰기나 읽기에 도움이 됐다. 노래로 학생들의 애로를 씻어내자는 것이 내가 찾은 방법이었다.

그동안 노래를 열댓 곡 가르쳤다. 한글을 모르니 겁먹고 노래방 근처도 못 갔던 학생들이었다. 나는 생일 파티를 핑계 삼아 때마다 함께 노래방으로 갔다. 글자를 보고 맞춰 부르는 연습도 했다. 근래에 유행하는 오승근의 '내 나이가 어때서'를 할 때였다. '사랑하기 딱 좋은 나이야'라는 가사를 '공부하기 최고로 좋은 나이야'로 바꾸었다. 그랬더니 희월 씨는 내가 바꾼 노래 가사 때문에 노래자

랑에서 '아차상'을 받았다. 일등 할 것을 가사가 틀려 내
탓이라 농담을 하며 한턱 거하게 쐈다. 글이 늘면서 자신
감을 얻은 것이다. 소문을 들었는지 안 다닌다고 뛰쳐나
간 세 사람도 다시 왔다. 너무도 반가웠다.

나는 그분들이 시대를 잘 만나 공부했더라면 한자리
누릴 사람들이라는 것을 강조하면서 가르쳤다. 내가 무
엇을 아낄 것인가. 무엇이든 머릿속에 든 것을 모두 주고
싶었다. 나이를 떠나서 희망이든 꿈이든 도전을 주고 싶
어서 학생들에게 억지를 부릴 때도 있었다. 그 마음을
알기에 홍순 씨는 요양보호사 자격증을 땄다. 샤론은 영
어 강사, 윤자는 중학교에 도전하도록 도와주었다.

노래하며 꿈을 찾는 사람들의 전화를 받을 때 그 기분
은 금을 주어도 살 수 없는, 나만의 행복이다.

달력 표지판

　　　　　　　　　달력이 귀한 시절이 있었다. 농촌에서는 달력 하나만 걸려 있어도 방 안이 환하게 빛났다. 연예인 달력을 구하려면 구판장에서 물건을 사야만 했다. 한 장짜리 연력은 이장이 무료로 집집마다 나눠주었다. 정치인들의 사진과 새해 인사말이 적혀 있었다. 농수산부에서 나온 것은 '쥐를 잡자'는 포스터였다. 덤으로 쥐약까지 주었다.

　　그때, 다양한 달력을 서울에 사는 형제들이 보내주었다. 명화 달력을 보면 나도 화가가 될 수 있을 것 같은 상상을 하였고, 연예인 사진을 보면 연예인이 되고 싶다는 희망을 품었다. 세계 각국의 아름다운 풍경과 진귀한 사진을 보면서 꿈을 꾸었다. 달력 속에 담긴 미지의 세계를 보다 보면 말로우의 『제레미 이야기』에 나오는 생쥐처럼, 농촌을 벗어나고 싶어 싱숭생숭해지곤 했다.

달력과 시간은 한 몸이다. 어제와 오늘, 내일을 알려준다. 3월은 수줍은 꽃망울이 서로 문을 열고 사람들의 시선을 끄는 달이요, 7월은 매미들의 랩 소리를 따라 여행을 떠나고 싶게 만드는 달이요, 10월은 넉넉하고 풍요로운 들판을 바라보기만 해도 뿌듯한 달이요, 12월은 마음을 가다듬는 깨달음의 계절임을 일러준다.

달력은 인테리어 소품 역할도 하고 때로는 부적 같은 역할도 한다. 은행 달력이 집 안에 있으면 돈이 들어온다는 속설이 있다. 그래서인지 은행에서 달력을 얻으려는 사람들도 많았다.

세월 탓일까? 나는 큰 사이즈로 단순하게 구성된 달력이 좋다. 방과 거실에 걸어놓고, 부엌 달력에만 제사와 가족들의 생일을 표시한다.

1월에 며느리와 막내딸을 시작으로 2월은 남편, 3월은 아들, 9월은 나, 10월은 큰딸과 사위 생일이 있다. 여름 생일이 없었는데 네 손녀 중에 소리가 8월이다. 차미가 1월이고 은지가 5월, 민지가 11월에 태어났다. 달력에 표시하고 보니 4, 6, 7, 12월이 공치는 달이다.

내가 어렸을 때 어머니의 달력에는 일 년 열두 달이 생일 표시로 꼭 차 있었다. 그 달마다 생일이면 조촐한 나물과 미역국, 팥 시루떡을 이웃과 나눠 먹었다. 달력 표시도 시대의 변화를 말해 주고 있었다.

맨 아래 일정표에는 계획이나 행사, 약속 날짜를 기록한다. 검정색과 파란색, 빨간색 숫자판, 한눈에 들어오는 신호등이다

달력은 한 시대를 민감하게 담아내는 그릇이기도 하다. 종이 달력이라는 틀을 깨고 새로운 스타일로 발전하고 있다. 요즘은 스마트폰 앱을 사용하는 달력도 있고, 한 해 동안 향기가 지속되는 향기 달력, 시력 검사용 달력과 점자 달력, 시간이 흐르면 잉크가 퍼져서 날짜가 나타나는 잉크 달력 같은 것들도 톡톡 튄다. 그것이 홍보든 공익이든 기업의 이미지든 간에 소비자들에게 신선하게 전달된다.

달력은 역사책이기도 하다. 일상의 기념일들에 쫓겨 잊고 지내기 쉬운 역사적 사건의 의미를 되새기게 한다. 애국심에 불탔던 수많은 위인들 덕분에, 내가 숨을 쉬고 살고 있다는 것을 깨닫게 한다. 3·1절, 4·19 혁명, 5·18 민주화운동, 현충일, 6·25전쟁, 광복절, 개천절, 한

글날…. 또한 한일합방은 우리의 뼈아픈 과거다. 이런 날들을 통하여 치욕도 느끼지만 잊어서는 아니 될 교훈으로 새기게 된다. 그러니 달력은 역사 교과서인 동시에 윤리 교과서이기도 하다.

달력에는 일 년 열두 달 동안의 24절기가 기록되어 있다. 농경 생활 시대의 흔적이 남아 있는 것이다. 입춘, 곡우, 동지니 하는 절기가 적힌 것을 보면서 우리는 계절의 도래를 예감한다.

그러니까 달력은 일 년간 날짜별 월별 일정표인 셈이다. 그런데 나는 때로는 이 꽉 짜인 프로그램이란 틀에 갇혀 사는 것에 무료함을 느낄 때가 있다. 그럴 때마다 '달력 밖으로 도망갈 수는 없을까?' 하고 꿈꿔보기도 한다.

벽에 걸린 달력을 본다. 이제 한 장밖에 남지 않았다. 또 한 해가 지나간 것이다.

4

오빠의 눈물

오빠의 눈물

　　　　　　　　2월 어느 날, 큰오빠를 문병
하러 갔다. 담배를 많이 피워서 폐렴이 도졌다는 것이었
다. 여든둘인데도 여전히 미남이었다. 침대 옆에는 조카
와 조카며느리 그리고 손녀가 있었다. 오빠는 눈을 감고
있었다. 환자 특유의 무심한 침묵, 하지만 잠자는 건 아
니었다. 내가 들어서자 그들은 자리를 내주고 물러났다.
　오빠와 나는 열아홉 살 차이라 늘 낯설었다. 생각 끝에
큰오빠가 여덟 살 때 찍은 가족사진을 가지고 갔다. 병에
대한 얘기가 싫어서였다. 사진에는 부모님과 오빠 두 분,
언니 둘이 있었다. 사진을 보고 오빠의 얼굴에 화색이
돌아오고 눈이 총기를 되찾았다. 나는 언니의 앨범에서
훔치다 찢어진 부분을 수다스럽게 말했다. 오빠의 입가

에 잔잔한 미소가 번졌다. 앙상한 손으로 연신 사진을 쓰다듬었다. 그리고 교사였던 아버지 얘기와 초등학교 사택에서 살았던 일들을 들려주었다.

병원 문을 나서면서 어머니 생각이 났다. 6·25 전쟁 때 아버지가 돌아가시자 어머니는 오빠를 유난히 의지하고 사랑하셨다. 오빠의 말은 곧 법이었다. 오고 갈 수만 있다면, 올케를 먼저 보내고 병마와 싸우고 있는 오빠를 위해 하늘에서 내려오셨을 것이다. 당신의 목숨보다도 오빠의 건강을 챙길 정도였으니까.

오빠 또한 부모님 걱정시키는 일은 하지 않았다. 회사에서도 동네에서도 부러움의 대상이 되었다. 그런 오빠가 나는 더없이 자랑스러웠다.

어머니만 그러신 게 아니었다. 오빠가 고향에 오는 날이면 황태자가 나타난 것처럼 식구들이 마당으로 나와 90도로 허리를 굽혔다. 오빠가 앞장서서 방으로 들어오면 우르르 따라가 중절모자를 받아 걸거나 코트와 양복 저고리를 받아들기도 하고, 상석에 방석을 놓는 등 모두 바쁘게 움직였다. 오빠가 먼저 자리에 앉으면 남은 식구들은 약속이나 한 것처럼 일렬로 정좌하는 것이었다. 여자들은 일개미처럼 부엌에서 분주하게 상을 차렸다. 나는 어느 한 곳 엉덩이 기댈 자리마저 없었다.

　초등학교 다닐 때였다. 오빠와 조카들이 본가에 한 번씩 올 때마다 구경도 못한 멋진 옷에 모자, 가방과 운동화를 갖추고 왔다. 나는 꾀죄죄한 한복에 검정고무신, 마분지로 만든 공책 하나를 보자기에 넣고 다녔다. 조카와 나를 비교하게 되었다. 더 약이 오른 것은 친구들의 태도였다. 조카들 뒤만 따라다니며 시중들고 난 안중에도 없었다. 밥은 먹고 살 만한데도 절약밖에 모르는 어머니, 초라해진 나는 섭섭한 마음과 부러움을 안으로만 삭혀야 했다.

　중학교 때였다. 등록금을 못 내 수업이 끝나고 둘째 언니 집으로 갔다. 마침 오빠가 와 계셨다. 단짝인 내 친구는 자기 오빠가 대학까지 보내준다는 말이 떠올랐다. 혹시나 하는 생각에 등록금 이야기를 꺼냈다. 오빠는 대뜸 불만스럽게 말했다.

　"아니! 어머니는 그 많은 농사를 지어서 무엇에 쓰신다니?"

　내 면전에서 하던 말이 지금도 생생하다.

　동생들에게 껌 한 통, 머리핀 하나, 양말 한 짝 사 준 일이 없는 사람에게 기대를 건 내가 잘못이었다. 오빠가 경제적으로 여유롭게 사는 것은 좋지만, 늘 가부장적이어서 나를 무기력하게 만들 뿐만 아니라 열등감에 빠지게 하였다.

어느 해, 아버지 기일 전날 오빠가 오셨다. 다음 날 일찍 일어나 나오려는데 어머니와 오빠가 두런거리는 소리가 들렸다. 나의 고등학교 진학 문제를 의논하는 것이었다. 행여나 하는 마음에 방문 가까이 다가갔다. 오빠는 습관처럼 헛기침을 하고 남 이야기 하듯 말했다.

"졸업하면 바느질이나 요리를 배우게 해서 시집이나 보내세요."

늘 요점만 말하는 오빠였다. 어머니는 더 이상 말이 없으셨다. 아마 막내다 보니 상급학교에 보내고 싶은 마음이셨을 것이다. 어머니가 알아서 해도 될 것을…. 그때 나는 아버지의 빈자리가 크다는 것을 알았다.

내가 졸업하고 어머니와 단둘이 살 때였다. 어머니는 수시로 편지함을 뒤지곤 하셨다. 그 마음을 알기에 오빠에게 장문의 편지를 보냈다.

"오빠! 오빠네 가족도 중요하지만 장남으로서 할 도리를 하세요. 어머니를 모시지도 않고, 효도도 못하면서 편지라도 자주 해야 하는 거 아닌가요? 그것이 장남으로서 동생들에게 귀감이 된다고 생각합니다."

이삼일 후 서울에 사는 둘째 오빠가 그 편지를 가지고 왔다. 어머니 몰래 나를 뒤뜰로 데려갔다. 그리고 굳어진 얼굴빛으로 장남은 부모나 다름없다면서 단단히 주의를 주었다.

'장남이 부모라고? 그건 개나 주어 버려!'

속으로 소리쳤다. 나는 억울하고 분하여 장독대에서 다리 뻗고 앉아 실컷 울었다. 그때부터 큰오빠에 대한 열등감은 증오로 변했다.

세월이 흘러 내 결혼 말이 오고갔다. 천식으로 나날이 약해져가는 어머니는 더욱 서두르셨다. 오빠는 내내 동생들 결혼에 신경을 썼는데 나보고는 알아서 하라는 것이었다. 나는 그것도 섭섭했다.

그때 세 명의 신랑감 후보들이 나타났다. 첫 번째는 여동생만 다섯에 외아들인 약사, 두 번째는 층층시하에 칠 남매의 장남인 교사, 세 번째는 팔 남매에 둘째 아들로 미군부대 다니는 청년이었다.

어떻게 하면 오빠보다 더 잘 살까. 배우자 선택에 고민

에 고민을 하던 중, 결정타를 날려준 사람은 우리 집 사랑채에 살고 계시는 교감 선생님의 사모님이었다. 사모님은 남편이 장남이라 부모와 시동생, 시누이 때문에 십 년이 넘었어도 방 한 칸 얻지 못했다고 했다. 그런데 시동생은 미군부대에 다니면서 몇 년 사이에 돈방석에 앉았다고 했다.

나는 주판알을 튕기며 진지하게 계산을 하였다. 시내에 집도 사 주고, 1500평 땅도 주고, 둘째 아들이라 부모 형제 모실 일이 없고, 게다가 직장까지. 그 결혼은 오빠와 게임을 해도 이길 수 있다는 확신을 갖게 했다.

그래서 세 번째 후보자와 결혼했다. 하지만 시집 가서 얼마 지나지 않아 기대는 물거품이 돼 버렸다. 집은커녕 오히려 시부모 형제들까지 떠안았다. 그러는 사이 아이들이 셋이나 태어났지만 형편은 나아지지 않았다. 아이들을 기르며 주부 노릇에 직장까지 다녀야 했다. 지친 어느 날 오빠한테 졌다는 패배감이 밀려왔다. 초라해진 나는 아이들도 남편도 형제들에게 보이기 싫었다. 그때부터 수년 간 오빠 집에는 아예 가지 않았고, 가족 행사에 참석했다가도 오빠 부부만 오면 핑계를 대고 즉시 사라졌다.

큰형부 칠순 때였다. 널찍한 음식점에 친척들이 모였다. 셋째 올케가 귓속말로 큰오빠가 나를 만나잔다고 전해 주었다. 오빠는 멀리 창밖을 보고 있었다. 난생 처음 단둘이 만나는 일이라 당황스러웠다. 소걸음으로 다가간 나에게 안부부터 물었다. 나는 속으로 '자기가 언제부터 걱정했다고…' 하며 시큰둥하게 잘 산다고 대답하고 돌아섰다. 순간 '흑!' 하는 격한 속울음이 들렸다. 돌아보니 오빠는 하늘을 향해 고개를 젖히고 떨어지려는 눈물을 추스르는 것이었다. 아무리 술을 마셔도 흐트러짐이 없는 오빠였다. 나는 얼떨떨하니 바라보았다. 잠시 후 오빠가 말문을 열었다.

   "미안하다."

   "…."

   "아버님이 너를 잘 부탁한다고 유언을 하셨다. 그 약속을 못 지켜서 미안하다."

   처음 듣는 유언이었다. 게다가 가게 달린 집으로 이사하라는 제안을 하는 것이 아닌가. 나는 잠시 가족이 떠오르며 어지러울 정도로 갈등이 생겼다. 그러나 가난 위에 비굴함까지 얹어 살고 싶지 않았다. 오빠의 진심 어린 마음만 받았다. 수년 간 짓눌렀던 원망 덩어리가 눈처럼 녹아내리기 시작했다.

오빠는 항상 나를 지켜보면서 속마음까지 읽고 계셨던 것 같았다. 직장인으로서, 가장으로서, 장남 노릇까지 감당하기 힘들었을 것이다. 오빠의 눈물 한 방울을 보고 깨달았다. 사람은 누구나 삶의 길이 달랐던 것. 삶을 남과 비교하며 열등감으로 시간을 허비한 나 자신이 부끄러웠다.

그 후 오빠와 나는 가끔 만났다. 늘 짧게만 말하는 줄 알았는데 차를 마시는 자리에서 농담도 하고 속엣말도 했다. 함께 점심도 하고 드리는 용돈도 거부하지 않아서 마음이 편했다. 내가 춤추는 모습을 보겠다고 불편한 다리로 공연장까지 왔던 일. 그 모습이 지금도 눈에 선하다.

다음 날은 나도 병원에 가서 꼭 사과해야겠다고 다짐했다. 그러나 오빠는 '미안하다'는 말만 내 마음에 심어 놓고 가시고야 말았다. 국화꽃에 묻혀서 싱긋이 웃고 계시는 오빠한테 나직하게 말했다.

'오빠! 나도 미안해!'

2,856일 걸려서 만난 은지

　　　　　　　　　　아들은 2003년에 결혼했다.
맞벌이하던 며느리는 아기를 갖고 싶어서 사표를 냈다.

　서너 해를 보냈어도 아기가 없었다. 환경 호르몬 때문
에 불임 부부가 늘어난다는데 걱정이었다. 나는 며느리
에게 점쟁이가 자식을 늦게 두라는 사주팔자라 했다며
좀 더 기다려 보자고 했다. 그리고 한약을 지어주었다.

　5년이 넘었다. 며느리는 합궁 날을 잡고 온갖 정성을
기울였다. 아들 역시 마음 다잡고 운동도 하고 좋아하는
술도 끊었다. 내가 할 수 있는 것은 성심껏 기도하는 것
뿐이었다.

　어느 2월 말경. 옆 동 아파트를 지날 때였다. 낙엽이
쌓인 화단의 흙을 뚫고 머위꽃이 피어나고 있었다. 수꽃

머위는 꽃대가 제법 높직하게 올라왔고, 노랑꽃 빛깔이 옅고 산뜻했다. 반면 암꽃송이는 하얀 원통형으로 좁쌀만 한 포로 싸여 있었다. 거기에 초록색 긴 잎자루가 타원형으로 싸여 부케처럼 예뻤다.

순간 어떤 생각이 뇌리를 스쳤다. 불임 예방에 좋다던데. 나는 그 꽃을 훔쳐야겠다는 마음뿐이었다. 그런데 암꽃과 수꽃 중 어떤 것을 먹여야 하는지 또 몇 개를 먹여야 하는지 알 수 없었다. 해서 모두 뽑기로 했다. 주위를 둘러보며 다가갔다. 손을 내미는 순간 들리는 남자 목소리.

"아주머니, 뭐하세요?"

경비 아저씨였다.

"저 사진 찍으려고….."

아저씨는 머리를 긁적이며 말했다. 머위꽃 주인이 손타지 않게 수시로 지켜달라고 부탁했다는 것이었다.

나는 그날부터 그 꽃이 아른거려 견딜 수가 없었다.

'야밤에 훔쳐올까? 아니야, 머위꽃 주인한테 사정해야겠어.'

용기 내어 그 장소를 다시 찾아갔다. 화단을 둘러봤다. 자잘한 머위 잎이 남았을 뿐, 꽃들은 그사이 사라지고 말았다. 내 것도 아니었는데 뺏기기라도 한 듯 가슴 한구석이 텅 빈 것 같았다.

결혼 칠 년째 접어들었다. 나는 힘들어 하는 며느리에게 입양하기를 권했다. 입양할 부모의 혈액형과 닮은 얼굴형, 성별까지 원하는 대로 입양할 수 있다고 알려주었다. 그러나 며느리는 시험관 시술을 하겠다고 했다.

더 이상 할 말이 없었다. 애교도 많고 입담도 좋은 며느리는 아들을 설득했다. 그러나 임신이 쉽지만은 않았다. 한동안 우울감에 빠진 듯 며느리는, 색종이와 풍선아트 강사로 활동하면서 분위기를 바꿔 보려고 노력했다. 그러던 어느 날, 십 년 만에 아기를 낳은 산모를 만났다면서 커다란 눈망울을 반짝였다. 정성이 지극하면 하늘도 감동한다더니 다행히 며느리가 임신하게 되었다. 나는 너무 기뻐서 눈물을 보이고야 말았다.

아름다운 5월 어느 날, 강동구로 향하는 전철을 타고 있는데 아들에게서 문자가 왔다.

'병원에서 산통 중입니다.'

눈을 감고 순산하기를 기도했다. 또다시 문자가 왔다.

'제왕절개를 해야만 한대요.'

가슴이 철렁 내려앉았다. 응원하는 마음으로 내 안의 기란 기를 동원하여 며느리에게 날려 보냈다. 그래도 불안하여 견딜 수가 없었다. 가던 길을 돌려 병원으로 가는 차를 탔다. 또 문자가 왔다.

'엄마, 공주입니다.'

하얀 옷을 입은 아기 사진, 나도 모르게 축하 박수를 치고 말았다. 사람들이 일제히 쳐다봤다. 멋쩍은 나는 혀를 내밀고 말았다.

천운이 있어야 자식을 만난다는 말이 있다. 나는 병원에 도착하자마자 아기를 만났다. 머리숱도 많고 까맣다. 홍시처럼 붉고 통통한 얼굴, 뱅어만 한 입으로 하품을 야무지게도 하는 것이었다. 귀여웠다. 나도 모르게 눈시울을 적셨다.

아기는 드디어 김수로왕의 후손으로 김해 김 씨 삼현파 77대 손 '김은지'라고 족보에 오르게 되었다. 햇수로 9년이 걸려서 얻은 생명. 결혼 날과 은지가 태어난 날에 윤달이 석 달이나 있었다. 지구가 태양 주위를 도는데 365일. 그러고 보니 지구가 2,856일을 자전한 후, 은지를 만난 셈이었다.

로마에서 30초 사랑

몇 년 전 가을, 출근길에 큰 딸의 전화를 받았다. 서유럽 여행을 둘이서 가자고 했다. 유럽이라는 말에 내 마음은 물살처럼 흔들렸다.

흥분된 마음으로 떠난 모녀의 유럽 여행, 영국을 거쳐 프랑스 에펠탑을 구경했다.

이탈리아로 간 다음 날 아침, 가이드가 벤츠 다섯 대를 불렀다고 했다. 로마 시내로 가는 길은 벤츠로 가는 팀과 걷는 팀으로 나뉘었다. 벤츠는 별도로 요금을 지불해야 했다. 딸과 가이드 외에 일곱 명은 걸어서 가고, 나는 족저근막염 때문에 벤츠 투어를 선택했다. 다른 가족 일행과 나까지 일곱 명이 합승하게 되었다. 언제부터인지 딸의 보살핌을 받고 있다는 생각이 들었다. 고맙고 행복했다. 불안해하는 딸을 안심시켜 보냈다.

"걱정하지 마. 잘 따라 다닐게."

하지만 나라 밖은 처음이라 긴장되었다.

벤츠들이 떼를 지어왔다. 털보 기사, 뚱보 기사, 중늙은이 기사들이 내렸다. 밝아오는 햇살을 받으며 미끄러지듯 내 앞에 선 까만 리무진. 젊은 기사는 체크 무늬 나비넥타이에 검정색 정장 차림이었다. 탄탄한 외모와 신사적 매너에 온화한 미소까지, 한마디로 젠틀맨이었다. 젠틀맨은 맑은 빛깔의 피부, 진한 눈썹에 우뚝한 코와 엷은 입술, 호수처럼 푸른 눈이 인상적이었다. 다른 가족 일행은 뒷좌석에 타고, 앞좌석에 내가 탔다.

첫 번째 간 곳은 영화 「로마의 휴일」에서 봤던 스페인 광장이었다. 차에서 내릴 때였다. 젠틀맨이 '그레고리 팩'처럼 손을 내밀었다. 로마식 예절일까. 나는 얼떨결에 '오드리 헵번'처럼 손을 잡았다. 큰 키에 핸섬하고 묵직한 사내의 매력에 가슴이 설렜다. 마치 초등학교 시절 총각 선생님을 사랑했을 때처럼. 내 나이 두 번째 서른하고 세 번. 늙었다는 내면의 고정관념을 눈부신 햇살 아래 하뭇한 미소로 날려 버렸다.

부모님의 손에서 큰사랑을 받았고, 나는 아가페 사랑

으로 아이들 손을 잡았다. 친구들과 손에 손잡고 필리아 사랑을 나누었다. 사실 남편과 맞선 볼 때도, 반지를 끼워줄 때도, 잔물결조차 없었다. 결혼할 때 신랑신부 팔걸이하고 행진했던 것이 전부였다. 그럼 우리 부부는 무슨 사랑에 속할까?

우리 일행은 '진실의 입'으로 갔다. 이미지가 사자의 얼굴처럼 생겼다. 관광객들이 두 줄로 길게 늘어졌다. 그 시대에 진실의 입을 정치적으로 이용하여 심판했다고 한다. 심문을 할 사람, 심판을 받는 사람, 손을 자르는 사람으로 세 사람이 왔다고 한다. 그 진실이란 게 통했을까. 왠지 죽고 사는 것은 심문하는 사람 마음대로였지 싶었다. 그렇다면 '진실의 입'이라는 문구가 아이러니하다. 나도 진실하게 살아 보려고 발버둥쳤지만 현실은 그렇지 못했다. 아마 진실하게 산다는 것이 그만큼 어렵다는 뜻인지도 모르겠다.

사진 촬영 때문에 '진실의 압' 앞에서 가족 일행이 기다릴 때였다. 나 때문에 신경 쓰일까 봐 자리를 비켜주고 싶었다. 뒤에 있는 '산타마리아 인 코스메딘' 성당으로 들어가겠다고 했다. 성모마리아 상 앞에는 계단식 책상에 촛불이 은은하였다. 네댓 사람뿐이었다. 알고 보니 그

곳은 기독교 박해로 숨진 '발렌타인' 유해를 모셨다고 한다. 거기서 '발렌타인 데이'가 유래된 셈이다.

가족 일행도 성당으로 들어왔다. 나는 마음 놓고 이리저리 기웃거렸다. 지하로 내려가는 계단이 보였다. 난데없는 호기심이 발동하여 내려갔다. 어슴푸레한 빛살은 무덤 같은 공간들을 비추었다. 으스스한 분위기에 소름이 돋아 등 떠밀리다시피 돌아섰다.

만남의 시간이 훌쩍 넘어 버렸다. 가족 일행들이 보이지 않았다. 놀란 토끼마냥 밖으로 뛰었다. 가슴이 벌렁거리고 숨이 찼다. 장소가 기억나지 않았다. 안경을 꺼내걸치고 휘둘러보았다.

"슬로우 컴, 히어! 슬로우 컴, 히어!"

어디서 아스라이 들려오는 남자의 목소리. 그 소리에 신경을 쓸 여력이 없었다. 여권도 없었다. 일행들의 옷 색깔마저 떠오르지 않았다. 아찔했다.

"슬로우 컴, 히어! 슬로우 컴, 히어!"

점점 목소리가 귓속으로 파고들었다. 환하게 쏟아지는 햇살 아래 양손을 들고 젠틀맨이 걸어오고 있었다. 나는 다리가 풀리고 눈물이 날 정도로 반가웠다. 우리는 마주보고 걸었다. 젠틀맨은 두 번째 손을 내밀었다.

"마담 봉주르."

놀란 가슴 쓸어내리면서 나도 손을 얹었다.

이번엔 트레비 분수로 갔다. 젠틀맨은 차를 탈 때마다 웨이터처럼 제스처를 취하고 내릴 때면 내게 손을 내밀었다. 장난기 있는 50대 여성이 앞좌석에 앉겠다고 했다. 나는 뒤쪽 끝자리에 앉았다. 분수에 도착하여 가족 일행이 내리고 내가 내릴 때었다. 깍듯하게 예로 대할 뿐 손을 잡지 않았다. 땅에 발을 딛고 고개를 들 때였다. 흑진주 같은 빛을 뿌리며 미끈한 앵클부츠가 눈에 들어왔다. 내가 좋아하는 부츠다. 나도 모르게 시선을 구두에서부터 천천히 위를 향했다. 젠틀맨의 온화한 입꼬리가 올라갔다.

"마담 봉주르!"

'시냇물처럼 맑은 바리톤 목소리!'

젠틀맨은 세 번째 손을 내밀었다. 마치 파티장에서 '내 손을 잡으시오. 레이디!' 하는 것 같았다. 마음을 들킬세라 그의 손에 살짝, 아주 살짝 손을 포개었다. 심장은 다시 두근거리고 얼굴은 화롯불을 뒤집어 쓴 것처럼 화끈거렸다.

내 마음도 어느덧 분수가 되어 공중 부양하고 있었다.

그때, 도착한 딸이 소리쳤다.

"엄마, 뭐해요!"

그 한마디에 나는 현실로 곤두박질치고 말았다. 딸은 가이드처럼 또 설명을 했다. 분수를 등 뒤로 한 다음 왼쪽 어깨 너머로 동전을 한 번 던지면 로마에 다시 올 수 있고, 두 번째 던지면 사랑이 이루어지고, 세 번째 던지면 사랑하는 사람과 이별한다고 했다.

나는 로마의 기란 기를 마음껏 들여 마셨다. 그리고 동전을 쥐고 포세이돈이 있는 쪽으로 힘껏 던졌다. 더하여 눈을 지그시 감고 '행운의 컴백'을 빌었다.

전동차 타고 세계일주

  "언니야! 가는 길인데 내 차 타."
  "아니야, 어머니가 물려준 든든한 자가용이 있는데 뭣
하러."
  학교 수업이 끝나고 집에 갈 때면, 국연이가 전철역까
지 데려다 주겠다고 한다. 몸이 피곤한 날은 나도 타고
싶다. 말은 고맙지만 사양한다. 몸은 편할지 몰라도 마음
의 부담이 더 크기 때문이다. 자가용이 꼭 필요하다면
벌써 면허증을 땄을 것이다. 어차피 주차장에 남편 차가
잠자고 있으니 말이다.
  그러나 전철이 불편하기는커녕 오히려 내겐 작은 서재
처럼 마음이 편하다. 졸리면 자고, 책을 보고 싶으면 보
고, 재미있는 사람을 보면 일러스트레이터나 된 것처럼

그려보곤 했다. 전철 한 칸에 기본으로 일반석 42인석 경로석 12인석. 서 있는 사람이 열 명 정도라 함께 하면 예순네 명이 한 가족처럼 여행가는 기분이 들기도 한다. 여름이면 에어컨, 겨울이면 난방까지 들어오니 80년대 우리 집보다 더 좋다.

학기말 시험 때였다. 명동역에 도착하고 보니 시험 시간보다 40분이나 일찍 도착하였다. 학교 도서관은 학생들이 곳곳에서 북적일 것이었다. 앉을 곳이 없을 것이란 생각에 역 의자에 앉아 다문화가정 공책을 읽고 또 읽었다. 다행히 그 과목을 첫 시간에 보게 되었다. 나는 시험지를 받자마자 부지런히 써 내려간 덕에 결과가 좋았다.

그날 늦은 시간 동대문운동장에서 2호선으로 갈아탔다. 코너 자리에 앉아 습관처럼 주위를 둘러보았다. 출입문 쪽에 두 남녀가 마주보고 이야기를 하고 있었다. 통통한 단발머리 아가씨는 평범해 보이는데, 20대로 보이는 청년이 더 눈길을 끌었다. 앞 머리카락을 짧게 위로 치켜세우고 머리카락에 무스를 발라 삼각지게 모았다. 옆과 뒤쪽 머리카락은 삭삭 밀어냈다. 마치 산꼭대기에 한 그루 작은 나무처럼 보이는 '슬릭백 언더컷'이라는 것이었다. 정력이 넘쳐 보이는 머리에 비해 여성스런 왜소함과 달라붙은 청바지에 분홍빛 티셔츠였다. 키가 크고 삼손처럼 근육질이었다면 신세대 모델이었을 것이라는 상상을 했다.

두 사람의 대화는 일본 말이라 알아들을 수 없었다. 경로석에 앉아있던 할아버지도 나처럼 궁금한 듯 아가씨에게 청년의 머리 스타일을 물었다. 그녀는 웃으며 일본에서 공연 때문에 왔다고 친절하게 설명했다. 무슨 일인지 묻는 청년에게 그녀가 설명하자 일본 청년은 웃으며 가벼운 묵례를 하였다. 그 모습이 예뻐서 그려 보았지만 따뜻한 분위기 묘사가 쉽지 않았다.

내 옆 자리 아주머니는 앞좌석 앉은 사람들에게서 눈을 떼지 못하고 군담을 해 댔다. 앞좌석에는 50대 중반 부부와 30대로 보이는 딸이 앉았다. 세 사람은 연변 말투로 누구 목소리가 더 큰지 내기라도 하는 것 같았다. 어떤 사람은 눈살을 찌푸리고, 또 다른 사람은 눈을 감고 자는 척 했다. 나는 무슨 사연인지 궁금하였다.

나는 캔디를 입에 넣으면서 옆 아주머니에게도 권했다. 아주머니는 사탕을 받으면서 세 사람과 관계를 이야기했다. 중국에서 맞이한 며느리와 친정부모인데 그 아버지는 딸집에 온 김에 한국에서 돈을 벌겠다고 했다.

남편이 도살장 일자리를 소개했다. 월급 150만 원 받기로 하고 답사 차 갔다가 일이 힘들 것 같다며 거절하였다. 딸은 시아버지가 어렵게 소개해 준 일자리를 골라서 한다고 화가 났다고 했다. 아주머니는 외국인 며느리를 데리고 사는 것이 아니라 모시고 살고 있다고 푸념을 했다.

공덕역에서 모두 썰물처럼 나가고, 늘씬한 서양인 청년이 둘이 들어왔다. 그들은 옆으로 앉으며 가볍게 고개인사를 하였다. 청년들은 무엇인가 영어로 주고받았다. 알고 보니 광고를 보고 한글 공부를 하는 것이었다. 보아하니 내 옆에 앉은 청년이 더 성적이 좋았다. 다음 정류장 이름이 나오자 '여의나루'를 읽다가 나를 쳐다보았다. 나는 친절한 마음을 담아서 '여, 의, 나, 루'라고 천천히 발음을 했다. 그들은 웃으며 유치원생처럼 따라 하며 신바람이 났다. 이번엔 광고를 읽다가 나에게 물어봤다. 광고 글씨는 '아롱체'로 멋을 부렸다. 바탕체나 돋움체로 배우는 외국인은 헷갈릴 수밖에 없었다. 광고 담당자가 글씨체에도 신경을 썼으면 싶었다. '신길역'이라는 안내방송이 나오자 청년들은 따라하며 아쉬운 듯 일어섰다. 그 중 한 청년이 나에게 "감사했어요" 하자 그 옆 청년도

"안녕해요" 했다. 영어 실력이 없는 나는 시원스럽게 가르쳐주지 못해서 아쉬웠지만, 마치 조카와 헤어진 것처럼 그들이 남긴 인사말이 한참 귓가에 맴돌았다.

전동차를 타 보면 외국인을 많이 본다. 글로벌한 세상이라는 것을 실감한다. 나는 오늘 일본을 거쳐 중국, 유럽까지 한 바퀴 돌아보고 온 것 같은 기분이 들었다. 전철 타고 90분 동안 지구 한 바퀴를 돈 셈이다. 전철은 여전히 어둠을 뚫고 달리고 있다. 세계여행을 끝내고 집으로 가는 나를 데려다 주기 위해서 말이다.

막바라 춤 공양

　　　　　　　1983년 봄, 시어머님의 사
십구재 천도재遷度齋 지내는 날이었다.

　자식들은 치매에 걸린 시어머니를 모시지 않으려 눈치
만 보았다. 나조차 외면할 수 없어서 8년 넘게 모셨고
장례까지 치렀다. 막막한 삶에 나는 생각도 못했는데, 큰
동서가 천도재를 준비했다. 영이 인간을 지배한다면서
재를 지내면 '자손이 성공하고 부를 누린다'고 조상 덕을
바랐다.

　영혼이 있는지 없는지는 모르겠다. 나 살기도 힘든데
영혼까지 신경 쓸 겨를이 없었다. 신이 있다면 아니, 혼
이 있다면 성실하게 살고자 하는 사람들을 가만히 보고
만 있을까. 어머님 목소리조차 듣기 싫어했던 자식들이

이제 와서 영혼을 위한답시고 속주머니를 털었다. 그 자리에 서 있는 나 자신도 낯내기 하는 것 같아 씁쓸했다.

수유리의 자그마한 절에 주지스님과 초청한 스님이 계셨다. 법당에는 필요한 공양물과 제수용품들이 제왕의 잔칫상처럼 차려졌다. 그 앞에 소리 없이 흘러내리는 촛농은, 울기를 잘하시던 어머님의 눈물처럼 보였다. 연못가 아기부처님은 황금 옷을 입고 있었다. 오른손은 하늘을 향하고 왼손은 땅을 가리켰다. 인간이란 천상천하 유아독존이 아니라 한줌 흙이요, 바람에 날리는 낙엽이라는 뜻은 아닐까. 한 잎, 두 잎 내 곁을 떠나는 살붙이들….

보살님이 일러주는 대로, 나는 표주박으로 청수를 떴다. 아기부처님 관욕에 삼세 번 부었다. 염불과 목탁 소리가 법당 안팎을 낭랑하게 울리며 회청색 하늘로 퍼져 나갔다. 시어머님의 모습이 아른거렸다. 직장 다니랴 살림하랴 편안하게 앉아 따뜻한 말 한마디 나누지 못 했던 일이 죄스러웠다.

'먹고 살자니 어쩔 수 없었어.'

변명도 해 보았지만, 인생의 허무함에 마음이 시렸다. 나도 모르게 코끝이 싸하니 그렁그렁 눈물이 앞을 가렸다.

'모든 것을 잊고 좋은 곳으로 가시기를….'

속으로 그렇게 빌고 또 빌었다. 어느덧 막바라 춤 공양이 이어졌다. 악귀를 물리치고 마음을 정화하여, 죽은 이의 영혼을 극락으로 인도한다는 춤이다. 초청한 스님은 장삼 위에 빨강색과 노란색, 초록색으로 띠를 양어깨에 걸쳤다. 앞뒤로 길게 내려 무지개 같았다. 스님은 솥뚜껑 같은 바라를 양손에 들었다. 연약한 여인네 같아 버거워 보였다.

금빛이 반사하는 한 쌍의 둥근 바라뿐, 스님은 고깔도 쓰지 않았다. 주지스님의 징소리는 맑고 잔잔한 파도처럼 법당 안을 적셨다. 천수다라니 염불은 중생들의 귓속을 지나 가슴을 더듬었다. 막내시누이는 눈물을 훔치고 있었다. 바람조차 멎은 듯, 모두들 숙연하게 두 손을 모으고 앉았다.

장중한 춤사위는 움직임이 들뜨지 않고 우아했다. 스님이 시계 반대 방향으로 돌 때, 섬세한 동작마다 박꽃처럼 하얀 버선코가 아물거렸다. 동서남북 방향으로 돌때마다, 오른발 뒤꿈치를 왼발 안쪽 가운데로 마침표처럼 교대로 찍었다. 아무리 봐도 고무래 정자를 쓰는 것 같았다. 음양오행을 모으고 있음인가, 아님 영혼을 불러 모으는 것일까. 춤은 점점 물고기가 노니는 것처럼 편안해졌다.

스님은 무릎을 가볍게 굴신거리고 바라를 앞뒤로 교차했다. 오른팔을 쭉 올리고, 너울거리는 왼팔 장삼 겨드랑이 사이로 바라가 들고났다. 바라를 부딪치거나 비벼내는데 쇳소리도 종소리도 아니요, 심벌즈보다 더 고운 리듬이 멋을 더했다. 마치 저승길에 드는 시어머니의 한을 풀어 주는 것 같았다. 이승과 저승을 오가는 길. 봄바람이 내 얼굴을 스쳤다.

어느새 내 마음도 편안해졌다. 자그마한 스님의 앳된 얼굴에 땀방울이 송송 맺혔다. 삼라만상을 통달한 듯, 공양 내내 반쯤 감은 눈 위에 검은 속눈썹이 얹혀졌다. 살짝 올라간 입꼬리는 부처님처럼 흔흔히 웃는 듯 했다. 극락으로 인도하는 바라춤의 소임을 다한 듯 어떤 힘이 뿜어져 내게도 전달되는 것 같았다.

춤은 절정에 이르렀다. 바른 신심으로 중생제도가 이루어짐이요, 올곧은 춤으로 기란 기는 죄다 모은 상기된 얼굴. 이내 한꺼번에 쏟아 붓듯 힘차게 '챙!' 하고 바라가 울렸다. 천지가 합일하듯, 마치 막혔던 물꼬가 트이듯 내

속이 시원해졌다.

재齋 지내기를 잘했다. 어머님을 모셨다는 이유로 형제들을 미워하고 원망하고 결별하려 했던 내 마음이 새털처럼 가벼워졌다. 영혼이 있다면 하늘에 있는 것도, 땅에 있는 것도 아닌 내 가슴에 있다는 것을 그때야 비로소 깨달았다.

사랑도 사랑을 받아 본 사람이 할 수 있다

외손녀 소리와 차미가 우리 집에 놀러 오면 나는 어린 아이가 된다. 초등학생으로 돌아가는 것이다. 아이들에게 앞치마를 입히고 같이 수제비를 만들어 먹기도 하고 그림도 그리고 노래자랑을 시키기도 한다. 그 날도 한참을 놀았는데 아이들이 아쉬워하며 더 놀자고 어리광을 부렸다.

나는 계획에 없던 '자기발표'를 해 보자고 제안했다. 즐거웠거나 속상했던 일을 말하기로 했다. 먼저 주걱 마이크를 잡은 작은손녀 차미는 1학년 친구들과 교우관계도 좋고 팔씨름을 잘하여 반에서 인기 대박이란다. 나는 사회자가 되어 '월촌 초등학교 3학년 김소리 회장님'이라고 소개했다. 그런데 소리의 발표는 뜻밖이었다.

"저는 엄마, 아빠한테서 태어난 것이 행복합니다. 그런데 엄마는 차미나 아빠만 좋아하고 나만 미워해요. 어제도 혼자서 울었습니다."

소리의 얘기는 이렇다. 엄마가 동생만 예뻐하는 것 같아서 한번은 엄마에게 안기고 싶어 다가갔다. 엄마는 "아니, 얘가 왜 이래? 저리 가"라고 했다. 다시 웃으면서 다가갔지만 옆에 가기도 전에 몸을 밀쳤다. 다음 날 엄마의 머리카락을 만지자 버럭 화를 냈다. 그래서 구석에 앉아 울었다는 것이었다.

두 살 터울인데 잘 놀다가도 자주 싸우는 소리와 차미, 언제부턴지 라이벌 관계로 보일 때가 많았다. 전에는 무심코 지나쳤지만 그 말을 듣자 나는 딸에게 소리의 마음을 전해야겠다고 생각했다.

며칠 후 딸네 집에 갔다. 소리 엄마와 나는 생강차를 마시며 이런저런 얘기를 나누고 있었다. 소리는 내게 귓속말로 엄마 곁에 다가가는 것을 행동으로 보여주겠다는 것이다.

"엄마아…."

"왜 이래? 저리 가아."

딸은 짜증 섞인 소리로 안기려는 소리를 밀쳤다. 나는

소리한테 고개를 끄덕였다.

딸은 내게 소리 이야기를 들었으면서도 애정표현이 잘 안 된다고 했다. 소리의 어깨는 늘어지고 표정이 굳어졌다. 식탁 옆 의자에 앉아 고개를 숙이고 입이 삐죽 나왔다. 딸은 변명하듯 말했다.

"할머니하고 얘기하고 있는데 갑자기 달려드니까 그렇지. 소리가 미워서 그랬나."

울상이 된 소리. 나는 소리에게 엄마가 왜 그러는지 설명을 해 주고 싶었다.

마침 평생교육원에서 '가족심리상담과 치료' 과목 교수님을 만났다. 나는 교수님한테 소리의 고민을 이야기하였다. 교수님은 소리의 엄마가 자식과 스킨십을 못하는 원인은 나 때문이라고 했다. 부모로부터 스킨십에 대한 경험이 없고, 어색하여 밀어 내다보면 나중에는 방임으로 이어진다고 했다. 원인이 내게 있었다니….

나의 과거를 돌아봤다. 젊었을 때부터 가장 노릇을 하다 보니 아이들과 손잡고 놀아본 기억조차 없었다. 아이들뿐만 아니라 내 부모님과 관계도 마찬가지였다. 나는 친구도 없이 가축이나 곤충하고 놀았던 기억뿐이었다. 이것이 '사티어'가 주장하는 삼각관계란 말인가. 내 어린

시절의 트라우마가 내 딸의 가족 문제로까지 이어질 줄
은 몰랐다. 친구들의 고민은 지혜롭게 조언해 주는 딸이
정작 자식하고는 어려운 갈등을 겪고 있는 것이다.

나는 열 살 소리의 두 손을 꼭 잡고 말했다. 부모님과
나와 소리 엄마, 삼대에 걸친 시대와 삶에 대하여 설명했
다. 아이는 어른스럽게 진지하게 들어 주었다.

"그러니 소리가 미워서 아니고, 엄마가 무의식 중에
하는 행동이니까 소리가 이해해 주면 좋겠어. 엄마도 노
력할 거야."

소리가 한참 생각하더니 심각하게 한마디 하는 것이었
다.

"그럼 나도 결혼하면 내 아이한테 그럴 것 아니에요."

"네 말 맞아. 그런 일이 없도록 우리 같이 노력하자."

내 말에 딸도 소리에게 말했다.

"소리야, 미안해. 엄마도 몰랐어. 알았으니까 노력할
게."

사려 깊은 소리는 다른 사람의 열 마디보다 엄마가 노
력한다는 말을 듣고서야 마음이 놓였는지 대답하며 가늘
게 숨을 내쉬었다.

나는 소리에게 피아노 연주를 부탁했다. 금세 달라지

는 아이, 맑은 눈동자를 굴리며 열 손가락은 어느새 검은
건반, 흰 건반으로 넘나들었다. 피아노 소리가 초가을 밤
바람에 단풍잎 구르듯 퍼져나갔다.

　슬며시 딸의 손 위에 내 손을 올렸다. 딸의 눈은 소리
의 등을 향해 있었다. 따뜻한 눈빛이었다.

해피 캣 패밀리

서울 생활 6년이 되면서부터 변두리에 문간방을 얻어 살았다. 아이가 셋이다 보니 주인집과 마찰을 피하고 자유롭게 드나들게 하고 싶어, 나는 '신트리'라는 동네에 부엌이 넓은 집을 얻었다. 큰 딸하고 아들이 학교에서 오는 동안 기린목이 되어 기다리는 막내딸 주영이를 위해 닭과 개, 고양이도 키웠다. 그 때문인지 고양이를 끔찍이 예뻐했다.

사람들마다 예쁘게 자란 주영이를 보고 오드리 헵번을 닮았다는 말을 했다. 이십 대부터 애니메이션 회사에 다니면서 화장이나 몸치장을 잘 했다. 그래서 일찍 시집을 갈 것이라 기대했다. 그런데 독립하여 아파트로 이사 간 후로 주영이가 달라졌다. 수수한 옷차림에 오래 신을 수 있다고 군화를 신고 다녔다. 게다가 못 하나 박을 줄 모르던 애가 인터넷을 뒤져 수도나 방충망까지 뚝딱 고치는 맥가이버가 되었다. 텔레비전, 수도세, 전기세가 나오지 않아 기사들이 방문할 정도로 근검절약하는가 싶더니, 중장기 대출금을 6년 만에 해결하기도 했다.

어느 날, 주영이가 다니는 회사 선배 엄마가 수술하여 간병을 해야 해 그 선배가 키우던 개 '뚱이'를 돌봐 주게 되었다. 녀석은 짖지도 않고 얌전하여 여러 달을 돌보다가 주인한테 보내고 나서 주영이는 허전했다. 강아지를 키우려고 알아보다가 버림받은 고양이 사연을 읽고 고양이를 입양했다고 했다.

첫 번째로 수놈인 '페르시안 친칠라'는 버려져 병까지 얻은 놈을 데려와 거금 들여 입원치료를 한 끝에 완치시켰다. 둥근 얼굴에 보석 같은 눈, 약간 들린 들창코가 귀여운 녀석이다. 목과 머리는 스카프를 두른 듯 쥐색이며, 몸은 하얀 털로 에스 라인으로 길게 늘어져 드레스를 입은 인형 같다. 사람처럼 화장실 변기에 대소변을 처리하여 신기했다. 영리하다고 '영재'라고 이름을 지었다. 누워서 자다가도 내가 간다고 말하면 웅얼거리면서 현관까지 나오는 예의바른 녀석이다. 혼자 심심할 것 같아 한

마리 더 키워도 좋다고 했다.

주영이는 회사에서 밤낮을 지낼 때가 많다. 고양이는 주인이 함께 있어주지 않으면 스트레스를 받는다고 한다. 주영이는 '영재'가 걱정되어 집에 CCTV를 달고 휴대폰에 연동하여 어플 깔아 가끔 살피며 목소리도 들려주었다. 녀석은 수시로 털을 혀로 깨끗하게 닦아내는 그루밍을 하였다. 적으로부터 피하기 위하여 고양이 냄새를 없앤다는 것이다. 냄새는 없지만 털 때문에 부지런해야 했다.

주영이는 영재가 베란다에 앉아 밖을 내다보는 모습이 너무 쓸쓸해 보인다고 했다. 그래서 두 번째 수놈인 '샴'을 데려왔다. 타이의 옛 왕국에서 궁을 수호하기 위해 길렀다는 전설이 있다. 이름은 '인재'라 지었다. 녀석은 부산에서 한 할머니가 키우다가 어미고양이가 새끼를 낳고 독감에 걸려 죽기 직전에 동물보호소에 데려온 것이었다. 이미 새끼까지 병이 깊어 모두 안락사를 시키고 인재만 치료 끝에 겨우 살아남았다고 한다.

인재는 귀와 얼굴, 발, 긴 꼬리는 검정색이고 몸통은 쥐색이다. 배 부분은 흰색으로 되어 있으며 불빛에 따라 색상이 변한다. 오똑한 코에 눈은 사파이어처럼 맑고 푸른색이라 정말 예쁘다. 왕후의 권세를 등에 업은 것처럼 풍채도 당당하다. 우리가 가면 먼저 반기며 애교를 부리는 알부남이다. 동성을 좋아하는지 남편을 따라다니면서 고골송을 불러주어 남편은 더 예뻐하고 안아준다.

두어 달 후 나는 반찬을 해서 주영이 집에 갔다. 문을 열고 들어서자 잽싸게 도망치는 놈이 있었다. 주영이가 잡아와 인사시켰다. 콩알만 한 놈이 겁을 먹고 부리나케 달아나 세탁실 뒤에 숨어 버렸다. 세 번째 암컷 길고양이. 눈은 호박색이며 몸털은 흰색과 노랑, 검정 삼색이 어우러져 있다. 태어난 지 두 달된 새끼라는데, 놀이터에서 아이들이 공처럼 던지며 주고받다가 갈비뼈가 부러졌고 수술한 후 건강을 되찾았다는 사연을 듣고 데려왔다고 했다.

전에는 도둑, 떠돌이, 들고양이, 길고양이라고 불렀는데 이제는 '코리안 헤어숏', 또는 줄임말로 '코숏'이라고 한단다. 녀석은 '수재'라는 명찰을 달게 되었다. 온갖 정성을 들여 돌보지만 어려서 두들겨 맞은 트라우마 때문에 몇 년이 지났어도 주인 외에는 낯을 가린다.

알뜰한 주영이는 기구를 사서 목욕은 물론 미용까지 해 주고 의사마냥 건강을 체크한다. 음식 또한 체질에 따라 먹이는데 아기 돌보듯 눈, 귀, 이빨까지 관리하는 것이다. 나는 그 모습을 보면서 사람한테 정성을 쏟으면 얼마나 좋을까 싶어 결혼 이야기를 꺼냈다. 그러나 솔로로 살겠다고 선언하다시피 말했다. 내가 보듬어 키우지 못해서일까, 넉넉지 못한 살림에 뒷바라지 못해 꿈을 접어서일까, 부모로서 좋은 모습을 못 보여 주어서일까…. 수많은 상념들로 내 가슴은 답답했다.

주영이는 지금하는 일이 즐겁다고 한다. 개성이 각각 다른 고양이들. 모델처럼 옷 입는 걸 좋아하는 '영재', 녀석이 좋아하는 클레식이나 '자장가 하프'를 들려주면서 함께 우아하게 감상하는 시간이 좋다고 한다. '인재'는 가장이나 된 것처럼 집안 곳곳을 배회하며, 냉장고를 오르내리고 빈 박스에 머리박기, 원숭이처럼 줄타기로 캣타워 점프로 아슬아슬한 묘기로 즐거움을 준다.

주영이가 '수재'는 연기 잘 하는 배우라고 한다. 녀석이 지나갈 때였다.

"수재야! 빵!"

주영이가 손가락 총을 쏘았다.

"야옹!"

소리를 가볍게 내며 옆으로 쓰러져 죽은 척 한다. 일어서려 할 때, 다시 총을 쏘면 외마디 소리를 내며 다시 쓰러지는 애교스러운 행동에 웃음이 나왔다. 영락없는 배우라는 생각에 영화나 고양이 신문에 기고해도 특종감이지 싶었다. 주영이는 얼굴 한가득 웃음을 담고 피곤하고 기분이 우울할 때, 오히려 녀석들한테 위로를 받아 외롭지 않다고 했다. 영재와 인재, 수재 때문에 기분이 업 되어 세 배나 행복하다는 것이었다.

지금은 부모가 그루터기로 남아 주영이의 쉼터가 되지만 '외로운 노후를 어쩔 것인가?' 걱정스럽다. 주영이가 말했다. 사람은 어차피 외롭고, 아프고, 죽음까지도 혼자 겪는 것이라면서 오히려 낳아 주셔서 감사하단다. 득도한 사람처럼 말하는데 나는 몇 십 년을 살면서도 딸에게 명쾌하게 보여줄 정답을 찾지 못해 늘 안타깝다.

나는 가끔 반찬과 찰밥을 해서 주영이에게 간다. 우리가 고기반찬에 점심을 먹는데도 녀석들은 얼씬거리지도 않는다. 소리 없이 각자의 위치에서 자신의 임무에만 충실하고 있다. 주영이의 캣 패밀리를 존중하지만 자신이 무엇을 원하는지 또 다른 도전을 했으면 좋겠다. 혼자서 건강하고 당당하게 살아가는 모습에 박수치면서도 가슴 한쪽이 아린 것은 숨길 수가 없다.

입는 에어컨

몇 해 전 친지의 밍크코트 착복식에 다녀온 신 여사가 내게 들려준 이야기다. 그 코트를 집 팔아서 천만 원이나 주고 샀다고 했다. 나는 그 친지가 돌아가신 시어머니의 오랜 병구완을 했고, 연이어 친정어머니의 치매로 심한 우울증에 시달렸다는 것을 안다. 그래서 자신에 대한 보상심리 아니면 기분 전환으로 샀을 것이라고 이해했다. 아니 할 말로 그깟 천만 원으로 우울증이 날아갔으면 싶었다.

여자라면 누구나 입고 싶어 하는 밍크코트. 나도 한때 우울증을 앓고 있을 때 '내가 평생 돈을 벌면서 밍크코트 하나 못 사 입어' 하고 오기를 부리며 백화점을 찾아 갔던 적이 있었다. 옆 코너, 한 젊은 여자가 친정어머니인 듯 보이는 할머니에게 밍크 롱코트를 사 드리는 것을 봤다. 그 할머니가 다리를 절며 걷는 모습을 보니 옷이 버겁게 느껴졌다.

거울에 비친 내 모습을 봤다. 작은 키를 생각해서 반코트를 입어보고 재킷도 입어봤다. 얼굴은 조막만하고 짜리몽땅한 키, 몸은 드럼통 같았다. 결국 입어보기만 하고 돌아섰다.

옷이란 무엇인가? 옷이 처음 나왔을 때는 체온을 유지하고 신체를 보호하기 위해 입었지만 시대가 변함에 따라 그 이유도 변했다. 언젠가 어머니께서 '밥 굶는 것은 몰라도 옷 가난은 남이 안단다' 하시며 유행하는 옷을 사 오셨다.

지난여름 이상기온 현상으로 더위가 최고치를 기록할 때, 어머니가 주신 유품 중에 모시 옷감이 생각났다. 옷감을 보니 잊고 있었던 어머니의 베 짜는 모습이 스크린처럼 눈에 선하게 떠올랐다.

모시풀 겉껍질은 모시 톱으로 벗겨낸다. 껍질 없이 섬유질만 남은 것을 태모시라 한다. 그것을 가늘게 째서 한 올씩 빼어 양끝을 뾰족하게 한 다음, 입안에 넣어가며 침을 바르고, 동시에 무릎 위에 대고 손바닥으로 밀어 길게 이어준다. 그렇게 연결하면 입술은 까칠한 모시에 갈라지고 밀가루처럼 맑고 선명한 흰 살결은 닳고 닳아 벌겋게 피멍이 든다. 수많은 수작업 과정을 거쳐서야 비로소 모시 베가 완성된다.

낮에는 들일을 하고 밤에 모시 베를 짰던 어머니. 그 모습이 멋지고 신기하여 어린 나도 하고 싶었지만 그때마다 꾸중을 듣곤 했다. 베틀에 앉아 어머니의 발과 다리가 움직일 때마다 씨실과 날실 사이로 북이 오갔다. 바디 소리는 마치 배 떠난 어부 낭군이 청람색 파도를 치며 돌아오는 듯 철써덕! 철써덕…, 그 장단에 화답이라도 하듯이 노래를 부르시곤 했다.

반공중에 걸린 저 달은 바디 장단에 다 넘어간다.
에헤요 베 짜는 아가씨 사랑 노래 베틀에 수심만 지누나.

이 베를 짜서 누구를 주나. 바디 칠 손이 눈물이로다.
에헤요 베 짜는 아가씨 사랑 노래 베틀에 수심만 지누나.

흔들거리는 등잔불을 벗 삼아 노래 부르시던 어머니. 밤새 짜고 나면 무릎이 아리다고 하셨다. 나는 다리를 주무르다가 그것도 신통치 않다고 하면 올라가 밟아드렸다. 손으로 주무르기보다는 발로 밟기가 편해서였는데, 어머니는 '어매! 시원허다'며 좋아하셨다.

가늘고 연약한 몸으로 농촌의 힘든 삶을 이겨 내던 외로운 모습이 떠올라 내 가슴을 찌르곤 한다.

당장 모시 옷감을 가지고 한복 바느질 여인에게 달려갔다. 일등품 한산모시라 했다. 자주색과 초록색으로 물감을 들여 개량한복을 만들었다. 그런 나를 보고 사람들이 '시원하게 입었네요.' 할 때마다, 나는 어머니 자랑을 아침 까치처럼 조잘거렸다.

모시옷을 입으려면 정성이 필요하다. 찹쌀 풀로 조물조물하여 그늘에 말리면서 촉촉할 때 접었다 폈다 손질하여 서너 번 밟아준다. 마지막 손질하여 다림질하면 씨줄 날줄이 반듯하고 낭창낭창하니 마치 잠자리 날개와 같다. 모시옷은 찹쌀 풀을 먹여야 여러 번 입을 수 있다. 또한 모시 올의 쌍그런 느낌을 주어 여름옷으로 최고다. 이름하여 입는 에어컨이다.

한여름 기온이 34도를 넘을 때 모시옷을 입고 나갔다.

만나는 사람마다 입에 침이 마르도록 칭찬이었다. 아마 내가 천만 원짜리 밍크코트를 입었다면 아무도 봐 주지 않았을 것이다. 무조건 비싸다고 모든 사람에게 어울리는 것은 아니지 싶다. 사람마다 자기의 처지와 격에 맞는 것이 따로 있다는 것을 밍크코트와 모시옷을 통해 깨달았다고나 할까.

나만의 왕국

서울 생활 19년 만에 아파트 10층으로 이사를 했다. 거실에서 보면 조망이 탁 트인 남향이었다. 놀이터가 있고 등나무 아래 널찍한 평상이 있었다. 주위로 에둘러 버드나무와 마로니에, 그리고 졸참나무가 무성했다. 특히 졸참나무 꽃이 필 때 보면 학이 내려앉은 듯 장관이었다.

집 뒤쪽으로는 육십여 그루의 버드나무와 플라타너스 가로수가 어우러져 숲을 이루었다. 게다가 한길 건너의 용왕산 아카시 향이 실바람에 실려와 내 고향 품속 같았다.

작은 집이었지만 주변의 아름다운 풍광에 행복했던 사이, 아이들은 하나 둘 결혼해서 2002년에 모두 집을 떠났다. 텅 비어 버린 집, 삭막한 바람이 가슴을 가로지르는 것만 같았다. 갱년기 우울증일까. 걷잡을 수 없는 혼란과 혼돈 상태로 빠져들었다.

그런 내게 지인이 집 문제로 자기 남편과 싸운 얘기를 했다. 100평짜리 집이 너무 버겁다고 정리하자는 그녀의 말에, 남편은 죽을 때까지 살고 싶다고 완강하게 반대했다는 것이었다. 예전에 힘들게 살았던 한풀이라도 하려는 듯.

집에 돌아와 지인 이야기를 남편한테 했다. 기다렸다는 듯이 고향 하이도에 가면 짙푸른 바다가 에메랄드빛 같다며 꼬드겼다. 그림 같은 집을 짓고 사는 친구도 있다면서 세발낙지도 게도 잡으면서 섬에서 행복하게 살자는 것이었다. 나는 바다 구경을 하면 마음의 변화가 생길 것 같았다.

그해 여름휴가 때, 우리는 목포에서 통학선을 타고 하이도를 찾았다. 잔물결이 끝이 보이지 않았다. 둘째 시누이가 사는 상태리에 도착한 것은 반나절이나 지나서였다. 몇 가구 없는 집들은 예스럽고 한가로웠다. 우리는 선산에 가서 벌초를 하고, '대리'에 사는 큰시누이 집으로 가게 되었다. 시누이 남편은 뱃전에 서서 임자 없는 섬을 가리켰다. 푸르른 바다에 우뚝 솟아오른 초록 섬.
남편은 눈을 떼지 못했다.

"저 무인도에 토끼랑 염소랑 키워보세."

남편은 찬찬하던 목소리와는 달리 얼굴이 붉게 상기되
어 있었다.

다음 날 우리는 그 섬으로 가기 위해 선착장으로 갔다.
어슴푸레한 하늘 아래 찬바람이 불고, 잔잔하던 파도가
일렁거렸다. 기다리는 배는 오지 않았다. 선착장에는 위
암 수술을 받았다는 할아버지도 한 분 계셨다. 그는 광주
대학병원으로 가야만 한다고 했다. 나는 왜 배가 못 오는
지 물었다. 큰 바다에 이르렀을 때 물줄기가 용트림하여
배를 삼켜버린다는 것이었다. 순간 섬에 산다면 영화 '철
가면' 주인공처럼 죽고 말 것이라는 공포감이 밀려왔다.
나는 아이들과 내 집 있는 곳으로 당장 달려가고 싶었다.

이틀 후, 우리는 초록 섬을 뒤로한 채 돌아오고야 말았
다. 고향에 살고 싶어 하는 남편한테 답을 주어야했다.
나는 하고 싶은 일이 많으니, 혼자 고향에서 살라고 확실
하게 못을 박았다. 남편도 포기하고 말았다.

나는 결혼하고 나라는 존재를 잊은 채 가족이란 틀에
맞춰 살았다. 이젠 한 인간으로 마음껏 내 꿈을 펼쳐 보

고 싶었다. 큰 것을 바라는 것이 아니었다. 오롯이 나만의 것들을 채울 수 있는 나의 방이 필요했다. 아무것도 방해받지 않고 태평스레 잠을 잘 수 있는 두어 평이면 충분했다.

어느 날 각방 선언을 했다. 남편은 당황했다. 나는 이혼하고 싶지만 각방생활로 위기를 극복하자는 것이었다. 이해를 못하는 남편한테 과거서부터 닫힌 내 마음을 진지하게 털어 놓았다. 내 병은 우울증이 아니라 것, 그의 그림자만 봐도 갈등과 분노를 느낀다는 것, 그보다 몸에 닿는 것이 싫다고 고해성사하듯 털어놓았다. 그 대신 새로운 이성 친구를 사귀어도 이해하겠다고 말했다. 남편은 내 말에 진정성이 느껴졌는지 고개를 끄덕였다.

드디어 내 방이 생겼다. 북향이면서 작고 토굴처럼 어두운 보잘 것 없는 방이었다. 그래도 내 방이라서 좋았다. 틈새로 비집고 들어오는 한 줌의 빛. 밖에서는 까치, 까마귀, 굴뚝새, 직박구리들이 나의 독립을 축하하는 것 같았다. 뒷산에서 꿩도 꿩!꿩! 한몫 끼어들었다. 쉰 살이 넘어서야 맛보는 나만의 공간, 숨통이 트였다. 자리에 누웠다. 내 자리래야 겨우 1미터 50이면 충분한 것을. 많은 생각들이 밀려왔다.

그 방에다 내 역사가 담긴 물건들만 정리했다. 반쪽짜리 옷장과 두 개의 대형 책장은 아랫목에서 댕돌같은 표정을 짓고, 나는 화답하듯 손쉬운 공간에 책을 정리했다. 그 윗 공간은 전통 태극부채와 동물 인형들, 풍도수석들에게 터를 주었다. 화장대 거울 속 여인의 불그스레한 얼굴빛이 달떠 오히려 낯설었다. 그 사이 남편은 문 앞에서 도와줄 일이 없느냐고 물었다. 누구의 손도 빌리고 싶지 않았다. 한 번도 불러보지 못한 아버지 사진이 보였다. 달걀형에 뚜렷한 이목구비를 보면서 마음속 깊이 새겼다. 훗날 하늘나라에서 꼭 만나겠다고.

잠자리는 평온했다. 매일같이 일터로 나가다 보니 남편과 부딪칠 일이 줄었다. 밤에는 코골이나 라디오 리듬에 수면하는 별난 남자, 밤새 TV 운동 프로나 공포영화를 보는 남자, 줄담배를 피든 술로 죽을 쑨다한들 이젠 간섭할 필요가 없었다. 가끔 남편은 재미있는 드라마를 보라고 권하기도 했다. 나는 못 이기는 척 갔다. 남편은 낮에 있었던 이야기를 줄줄이 사탕처럼 꺼냈다. 옆에 앉아서 들어만 주어도 좋아했다.

몇 달이 지났다. 늦은 밤 노크를 하더니 남편이 베개를 들고 금지구역인 방문을 열었다. 벌써 두 번째였다. 내 작은 소원이 엉망이 될 것 같아 화나고 섭섭했다.

"나를 도와 줄 것이요? 아니면 내가 도장을 찍어줄까요?"

돌아서는 남편의 뒷모습이 짠해 보였다. 나는 그때부터 세 가지 결심을 했다. 아침저녁은 꼭 같이 식사하기, 집 안에서 가슴이 드러난 옷은 입지 않기, 여자 속옷은 보이지 않기. 그렇게 하는 것이 그에 대한 배려라 생각해서였다.

삼 년이란 시간은 남편을 변화시켰다. 쌀뜨물도 막걸리라면 자다가도 일어나는 사람이 술과 결별하고, 애인이라던 담배는 밖으로 나가 피우면서 줄여가고 있었다. 청소와 재활용 담당자로 나섰다. 눈길 한번 주지 않던 베란다 화초까지 돌보았다. 게다가 가족이 모일 때면 바리스타 역할까지 했다.

그 후 나는 글쓰기를 시작했다. 컴퓨터 앞에 앉아 바탕화면에 하나 둘, 글자를 채울 때마다 마음의 짐이 하나씩 떨어져 나갔다. 평안한 일보다 힘든 삶을 불러내어 글을 쓰다보면 가시 같았던 상처들이 떠올랐다. 큰 가시 작은 가시를 뽑듯 자판을 두들겼다. 때로는 서러움에 장대비처럼 눈물이 쏟아졌다. 그런 날이면 카타르시스를 느끼면서 한恨 덩어리가 녹아내리곤 했다.

　각방쓰기를 십육 년. 내 영혼과 육체는 시간을 잊은 채, 세기를 넘나들며 밤늦도록 책 속의 문인들을 만나곤 했다. 상상이면 어떠랴, 내가 즐거운 것을. 방 안 어딘가에 꿈을 키우며 감춰둔 나의 속마음을 엿보고, 몽상에 빠지는 순간 또한 행복했다. 이밀암의『중용의 노래』를 읽고 여유롭게 생각했다. 사람이란 '내 사람이면서도 네 사람도 된다는 것'. 힘든 세월이지만 행복했던 순간도 있었다. 오랜만에 마음의 안정을 되찾아 이 글을 써본다.

　각방을 쓰면서 나의 말과 행동도 달라졌다. 증오가 사라지고 대신 연민의 정이 들어왔다. 이 평온한 삶! 이것을 얻기까지 남편의 도움도 컸지 싶다. 나는 남편을 옆에 앉히고 나를 찾아 자유롭게 여행할 것이다.

남편의 반려식물

지난 4월 어느 날 저녁이었다. 남편이 칠손나무를 들여놓으며 집에 오는 동안 있었던 이야기를 했다.

칠손나무를 사서 어깨에 메고 청계천 5가에서 신호등이 바뀌기를 기다릴 때였다. 옆에 있던 사람들이 나뭇잎이 반짝인다면서 이름을 물었다. 순간 남편은 나무를 보고 깜짝 놀랐다. 나뭇잎들이 하나하나 별처럼 빛나고 있었다. 순간 정말 나뭇잎에서 빛이 나는 줄 알았다가 정신을 차리고 보니 조명가게의 빛이 반사된 것이었다.

"어이구! 놀라서 이름을 깜빡 잊어 버렸소."

그 말에 모두들 한바탕 웃었다.

남편은 건강 문제로 술을 끊었다. 천당 아래 주당이라던 친구마저 먼저 떠나 버렸다. 주체할 수 없는 무력감을 달래려고 멀쩡한 집안 곳곳을 건드렸다. 넓게 샤워 한다고 말짱한 욕조를 부수고, 공기를 통하게 한다며 베란다 유리창을 망가뜨리기도 했다. 공사가 커지는 바람에 내 잔소리만 늘어났다. 남편의 관심을 돌리려고 강아지를 키우자고 했다. 냄새에 민감한 남편은 질색했다. 그래서 생각해낸 것이 반려식물이었다. 동물보다 비용도 덜 들고, 신경 쓸 일도 덜 하니 취미로도 안성맞춤이었다.

반려식물도 시대에 따라 유행하는 것이 달랐다. 나는 셋째 오빠네 '백상화원'을 찾아갔다. 난초 종류는 물론 전자파 차단으로 좋다는 벤자민과 산세베리아, 공기 정화에 좋다는 관음죽, 냄새 제거나 아토피에 좋다는 휘닉스 야자와 테이블 야자, 킹벤자민, 고무나무를 사 왔다. 베란다와 거실, 화장실에도 놓았다. 남편은 한동안 관심을 보이는 듯하다 외면하는 것이었다. 나는 남편에게 돌봐주기를 부탁했지만 사람의 눈에서 멀어진 식물은 그 겨울, 꺼칠하니 야위어갔다.

그런 중에 설화꽃은 해마다 연말 전후로 번식하기 시작했다. 잎가지는 동서남북을 가리키고, 나뭇잎가지 중심부에서 봉오리가 올라왔다. 바람과 햇빛을 받으며 수십 개의 분홍빛 꽃망울이 하나둘 터지기 시작했다. 꽃대는 햇빛의 농도에 따라 키를 두 뼘이나 더 늘렸다. 그리고 50여 일을 설화꽃의 탱주가 되어 주는 것이다. 그런 인내심은 남편과 내가 배워야 할 덕목이었다.

설화꽃이 필 무렵이면 군자란과 꽃기린, 수선화가 유채색으로 옷을 갈아입었다. 남편은 설화꽃을 보고 식물에 관심을 보였다. 밤낮없이 물을 주고 화분에서 냄새 난다며 시도 때도 없이 분갈이를 했다. 게다가 식물들이 덥다며 선풍기를 두세 대씩 돌리곤 했다. 겨울에도 바람을 쐬어야 한다며 거실로 옮기지도 못하게 했다. 그러기를 5년. 키우는 게 아니라 죽이는 게 더 많았지만, 남편이 식물에게 관심과 애정을 보이게 된 시간이었다.

어느 날 사위가 제주도에서 귤나무 한 그루를 사왔다. 귤나무 열두 그루만 있으면 자식을 대학까지 보낸다는 '대학나무'라면서 남편이 매우 좋아했다. 일교차에 신경 쓰며 귤나무 물주기에 온갖 정성을 들였다. 귤꽃 향기에 꿀벌이 찾아왔다. 귤나무에서 귤이 여덟 개나 달렸다. 크고 탐스런 귤을 보는 사람마다 만지려고 하면 남편은 놀라며 눈요기만 하라고 했다. 그러다가 설날에 손녀 은지와 민지에게 직접 나무에서 따도록 기회를 주었다. 손녀들이 맛나게 먹는 모습을 사진에 담으면서 흐뭇해했다.

그 후, 남편은 유실수에도 관심을 갖기 시작했다. 앵두, 매실, 석류, 꽃사과, 배나무까지 사서 화분에 심었다. 무공해 농약으로 응애와 진드기를 잡고, 흙에서 곰팡이 냄새가 나면 건조시키며 아이 돌보듯 했다. 그러자 무당벌레와 민달팽이뿐만 아니라 끈끈이처럼 생긴 이름 모를 곤충까지 찾아왔다. 내가 거실로 들어오는 곤충을 죽이려고 하면, 남편은 기겁하는 것이었다. 그리고 파리채로 살짝 들어서 나뭇잎에 놓아주며 한마디 하였다.

"친구야! 거실은 네가 보는 만큼 좋은 곳이 아니란다."

그렇게 식물과 함께한 지 20년이 지났다. 남편은 자식들과 이웃사람들에게 식물을 분양하면서 행복해했다. 식물을 보낼 때면 호적등본을 떼어주듯 출생의 비밀까지 메모하고, 화분 종류와 색상, 흙과 물, 영향까지 자신의 실패담을 말하며 잘 키워줄 것을 당부하곤 했다.

사람에게만 눈부신 순간이 있는 것이 아니다. 식물에게도 찬란한 순간이 있음을 알았다. 한번은 남편이 취로사업 근로자한테 내쫓긴 뱀딸기를 가져와 배나무 밑에 심었다. 나는 별것을 다 주워 온다면서 잔소리를 했다. 어느 날 아침, 베란다에 가 보았다. 뱀딸기의 꽃봉오리가 하얗게 맺어 있었다. 그 후 봉오리는 햇빛을 받더니 황금

꽃들로 베란다를 가득 메웠다. 미다스 왕이 다녀갔나! 금붙이 하나 없는 우리 집에 황금이라니. 나는 남편한테 원예에 소질이 있다면서 칭찬을 아끼지 않았다. 그는 어깨를 으쓱하며 으스댔다. 그뿐인가. 혹독한 추위에 죽어가는 '맥문아재비'도 데려온 지 오래되었다. 몇 년째 푸르고 긴 잎은 겸손하게 고개를 숙이고, 나팔 모양에 콩알만 한 하얀 꽃을 피우고 있다. 불볕더위에도 내내 우리에게 기쁨을 준다. 성장이 신통치 않은 식물은 원기 왕성한 식물 옆으로 보낸다. 기를 받으라는 뜻이라고 한다.

기를 받는 것이 어찌 식물뿐이겠는가. 남편은 소외감이나 스트레스, 불면증으로 힘들었는데 식물을 통해 위안을 받고 자존감을 느꼈다고 속내를 털어냈다. 그 덕에 마누라의 잔소리도 좋아하는 18번 '언체인드 멜로디'로 들린다고 했다. 그의 말을 들으니 식물 선택을 잘한 것 같아 흐뭇하다.

그렇게 모은 남편의 반려식물은 지금 서른다섯 가지나 된다. 사람만이 추억이 있는 것이 아니다. 식물을 선물하던 일, 동백꽃에서 꿀 따먹던 일도 추억이 되었다.

사람 또한 한 송이 꽃인 것을. 식물에 기대고 사는 인연으로 우리도 언젠가 향기로운 자연이 되길 바란다.

정해생 황금돼지띠

2007년 우리나라 출산감소를 한방에 해결할 수 있는 좋은 소식이 있었다. 600년 만에 돌아오는 정해생丁亥生 '황금돼지띠'.

라디오나 텔레비전, 인터넷에서 여름 가마솥처럼 뜨겁게 달구었다. 과학이 초스피드로 발달해도, 세상이 제아무리 바뀌어도 미신에 의존하는 관습은 예나 지금이나 같은 모양이다.

돼지띠는 부와 다산의 상징이며, 동시에 건강과 행운의 상징이기도 하다. '황금돼지띠' 덕에 전년도보다 신생아 수가 4만 5,000명 증가했다고 한다. 사람들은 경사라고 떠들썩하게 출산 축하를 했다.

사실 '황금돼지띠'는 근거 없는 상술일 뿐이라 한다.

정해생 돼지띠는 60년마다 찾아오는 해이다. 돼지띠하면 오행은 '정丁'으로 남쪽을 상징한다. 남쪽은 화火에 해당하므로 '빨간색'을 뜻한다. 내가 좋아했던 빨간 돼지 저금통은 초심의 의미가 담겼다. 빨간색은 잡귀를 몰아낸다 하여 전통 혼례를 하는 신부는 빨간 치마를 입고 빨간 복주머니를 지녔다. 요즘은 빨간 지갑, 빨간 휴대폰 케이스가 유행이다. 중요한 본인 인증 수단인 인감도장에 빨간 인주를 찍는 것도 그 때문이다.

예부터 '인연을 맺으려면 돼지띠와 맺으라'는 말이 있다. 타고 난 재운과 어진 품성을 지닌 사람과 가깝게 지내라는 뜻이다. 결혼하고 보니 큰동서가 을해생 돼지띠였다. 그는 태어날 때부터 은수저를 물었던 부잣집 딸이었다. 하얀 피부에 작은 키, 갸름한 얼굴이었다. 시아주버니는 큰동서를 엄마가 아기를 사랑하듯이 대했다. 나는 참으로 부러웠다.

둘째 오빠도 을해생 돼지띠다. 중키에 미남형이다. 오빠는 세 살 때부터 천자문은 물론, 사서삼경을 통달하였다고 했다. 달변가였던 오빠는 청년기부터 반평생을 모 대통령을 모셨다. 민주주의를 꽃피울 밑거름이 되기를 기원하며 위정자들을 도왔다. 가족은 뒷전이었다. 여유

만 생기면 고향에 초등학교와 중·고등학교를 설립하고
청년들의 취업도 해결해 주었다.

띠라는 것이 사람의 운명을 쥐고 있는지도 모른다. 바
닥을 치면서 힘든 삶을 성실하게 살았던 나도 돼지띠다.
기해생 돼지도 아니요, 을해생 돼지도 아니요, 그야말로
진정한 정해생 빨간 돼지띠다. 그런데 나는 금수저를 물
고 태어나지도 않았고, 그렇다고 부잣집에 시집간 것도
아니며, 지금 부자인 것도 아니다.

내가 태어난 해에는 '황금돼지'라는 말이 없었다. 그러
나 평범한 빨간 돼지저금통에 동전을 모으듯 내 손으로
인생을 하나하나 채워왔다. 그렇게 60년을 살고 나니 황
금돼지띠라고 세상이 떠들썩하게 축하를 해주는 게 아닌
가. 나도 축하를 받을 자격이 있다고, 스스로에게 나직하
게 말한다.

'나는 황금 돼지다!'

웃어보자, 세상아

1판 1쇄 발행 ｜ 2018년 5월 25일

지은이 ｜ 김현숙
발행인 ｜ 이선우
펴낸곳 ｜ 도서출판 선우미디어

등록 ｜ 1997. 8. 7 제305-2014-000020
02643 서울시 동대문구 장한로12길 40, 101동 203호
☎ 2272-3351, 3352 팩스: 2272-5540
sunwoome@hanmail.net
Printed in Korea ⓒ 2018. 김현숙

값 12,000원

※ 잘못된 책은 바꿔 드립니다.
※ 저자와의 협의하에 인지 생략합니다.

이 도서의 국립중앙도서관 출판예정도서목록(CIP)은
서지정보유통지원시스템 홈페이지(http://seoji.nl.go.kr)와
가자료공동목록시스템(http://www.nl.go.kr/kolisnet)에서 이용하실 수
있습니다.(CIP제어번호: CIP2018015097)

ISBN 89-5658-574-1 03810
ISBN 89-5658-575-8 05810(E-PUB)